Illustration : Shiro Yamada

セシル文庫

僕と子連れ若社長の事情

桂生青依

イラストレーション／山田シロ

僕と子連れ若社長の事情◆目次

僕と子連れ若社長の事情

「あれ？　お醤油《しょうゆ》が切れてる……」

夕食の用意をしていた百山秋《ももやまあき》は、いつも調味料を置いている流し台の下に目的のものがないことに気付き、ぽつりと呟《つぶや》いた。

今日は魚の煮付けを作る予定だったのに、よりによって醤油を切らしていたなんて。

秋は慌《あわ》ててストックを置いてあるはずの棚――いつも「貯蔵庫」と呼んでいる場所を見てみるが、そこにもない。

仕方なく、秋はエプロンを外すと、茶の間で相撲中継を見ている祖母に声をかけた。

「ばあちゃん、ごめん、ちょっと出かけてくる」

「うん？」

「お醤油がなくてさ。『みよし屋』さんまで行ってくる」

「お醤油？　流しの下になかったかい」

「うーん……。もう切らしてたみたい。貯蔵庫にもないから、買ってくる。すぐ戻るよ。他にいるものある？」

「ううん、ないね。大丈夫だよ。気をつけてね」

「うん」

秋は頷《うなず》くと、靴を履《は》いて外へ出た。

振り返って見上げると、秋たちが住む母屋にくっつくような形で建てられている下宿部屋の窓の一つに電気が点《つ》いている。今日は、仁井辺《にいべ》さんがいるようだ。

現在高校生の秋は、駒沢《こまざわ》公園近くで下宿屋をやっている祖母と暮らして丸一年になる。

秋の母は、まだ秋が小学生だったころに病気で死んでしまった。その後は父と二人暮らしだったのだが、去年、父が海外赴任になってしまったため、祖母の家に同居することになったのだ。

祖母は元々は祖父と一緒に住んでいた。世田谷にある、割と広い家だったのだが、十年ほど前、祖父が死んでしまったのを機に、母屋と下宿部分に増改築したのだ。

下宿屋をしようと思ったのは、祖父が死んだ寂《さび》しさを紛らわせたいという思いと、近所に若い人がいた方がいいと思ってのことだったらしいが、そんな祖母のおかげで今、秋はここにいることができていた。

ここがなければ一人で寂しく暮らすか、友人たちと離れて外国に行かなければならなくなっていただろう。それを思うと、秋が一緒に住むことを快《こころよ》く許してくれた祖母にも、この場所にも、とても感謝していた。

家は、祖母と秋が住むための小さな二階建ての母屋に、二階建てのアパート部分がくっついているような格好だ。秋の部屋は母屋の二階、祖母の部屋は一階にあり、アパートの二階には母屋の玄関の脇にある内階段から上がっていくようになる。

下宿として使われている六部屋のうち、現在下宿生がいるのは二つだけだが、美大生の仁井辺も専門学校に通っている境《さかい》も気のいい学生で、秋にとっては兄ができたようで嬉しかった。

学校の課題やアルバイトで忙しい彼らだから、夕食は一緒に食べたり食べなかったりだが、今日は食べない日らしい。きっと課題に取り込んでいるに違いない。

そうしていると、

「ワン！」

玄関の横から、鳴き声が聞こえる。

秋が外に出たせいで、散歩に連れて行ってもらえると思ったのだろう。飼っている犬の「モン」が、興奮したように尻尾を振っている。

ゴールデンレトリバーのモンは、正式な名前を「モンブラン」という。ゴールデンのわりに小柄で、毛色がケーキのモンブラン色だから、ということで祖母が名付けた。

祖父が死んでから番犬代わりにと知人に譲ってもらったという話だが、番犬というよりは愛玩犬《あいがんけん》で、人懐こいことこの上ない。

秋も、ここに来たときからモンを気に入り、仁井辺か境がやっていた散歩も代わって秋がやるようになっていた。

秋は苦笑すると、「ごめん」とモンの頭を撫《な》でた。

「散歩は、ごはんのあと、な」

撫でながら言うと、モンはその気配で何かを察したのか、残念そうに「クーン」と鳴く。

その声に、なるべく早く散歩に連れて行ってやろう、と決め、秋が「行ってくるよ」と言い残して道路に出たそのとき、

「わっ」

突然、太腿に何かがぶつかった。

転《こ》けそうになったところをなんとか踏みとどまり、何が起こったのか見てみれば、そこにいたのは、秋が家族ぐるみで親しくしている、守宮優太《もりみやゆうた》だった。

優太は、今年で五歳。歩いて十五分ほどの大きな屋敷に、両親とともに住んでいた子だ。

「いた」というのは、両親とも先日突然の事故で亡くなってしまったためだ。そのときは、秋も祖母とともにお悔やみに行った。

子供だからか、優太はそのときは姿を見なかったし、それからもあまり姿を見なくなっていた。

気にはなっていたものの、優太の父親が会社社長だったせいか、屋敷はばたばたしているようで、少し落ち着いてから訪ねてみようと思っていたのだが……。

そんな慌てた顔で、子供の足なら三十分もかかりそうなここまでやってくるなんて、いったいどうしたというのか。

「どうしたの優太くん」

しゃがみ込んで秋が尋ねると、優太は大きな瞳に涙を溜め、「たすけて」とぎゅっと抱きついてきた。

（え……た、『助けて』って――）

秋がぎょっとしたとき。

「いいかげんにしろ、優太」

頭上から、男の声がした。

びっくりして秋が顔を上げれば、そこにはモデルのように綺麗《きれい》にスーツを着こなした、背の高い男が立っていた。

見たことのない顔だ。だが驚くほど格好が良く、スタイルがいい。

年は二十代後半から三十代前半…くらいだろうか？

秋の身近にそのくらいの年の男性といえば、通っている高校の先生たちぐらいだが、彼らなど比べものにならない格好の良さだ。いや、それどころかテレビでみる俳優やタレントと比べても、彼の方が絶対に格好がいいだろう。

怒っているのか、少し怖い表情だが、とにかく見とれるような端整な貌《かお》だ。

綺麗に整った髪に、男らしく形のいい眉、高い鼻に引き締まった口元は品が良く知性的で、書店に並ぶ、大人向けのファッション誌から抜け出てきたか、映画の中の人のようだ。

だが、いったい彼は誰なのか。

そして彼がどうして優太の名を？

訝《いぶか》しく思いつつ秋が男を見つめていると、抱きついてきている優太がぎゅっと身体《からだ》を竦《すく》ませるのが伝わってきた。

その反応に、秋も思わず優太を抱き締める。

すると男はすぐ近くまでやって来たかと思うと、

「帰るぞ、優太」

声とともにいきなり優太の腕を掴もうとする。

「ちょっ――ちょっと待って下さい」

慌てて、秋は優太を抱き締めたままその手から逃げるようにして身を捩《よじ》った。

男を睨《にら》み、優太を背中に庇《かば》うようにしながら立ち上がる。

途端、男の背の高さがよりはっきりとわかった。

優太の背の高さまでしゃがんでいたときも高いとは思ったが、向かい合って立つとそれ以上に実感できる。

秋は一七〇センチという、ごく平均的な身長だが、男は頭一つ分はゆうに高い。一八五センチは越えているだろう。

そんな背の高い年上の男から冷たく見下ろされ、秋は身体が身体が竦むのを感じる。

しかし気持ちを奮い立たせると、キッと見つめ返して言った。

「いきなり、そんな乱暴なことはしないで下さい。嫌がってるじゃないですか」

「……」

「だいたい、あなたはいったい――」

「わたしは優太の兄だ」

「⁉」

兄？

思ってもいなかった答えに、秋は目を瞬かせる。すると男は大きく溜息をつき、秋の身体を押しのけるようにして再び優太に手を伸ばした。

「わかったら、さっさとそこをどけ。わたしは優太を連れて帰る」

「やだ！」

しかし、その男の手をすり抜けて優太は首を振る。

「まっ――待って下さい」

その様子に、秋は再び声を上げ、男を押しとどめた。

「本当にお兄さんなんですか⁉　だって優太くん、こんなに怖がってます！」

すると、男は長く溜息をつき、スーツのポケットから掌サイズの黒いものを取り出す。

次いで、その中から白いカードを差し出してきた。

名刺だ。

そこには、【株式会社　モリミヤ　守宮准一《もりみやじゅんいち》】と書いてある。

「モリミヤ……」

それは確か、優太の父親が経営していた会社だ。どんな仕事なのか詳しくは知らないが、名前は聞いていた。

ということは、わざわざこの名刺を作ったのでなければ、彼は本当に優太に――守宮家に関わりのある人で、兄というのも本当なのかもしれない。

（でも……）

優太からそんな話は聞いたことがない。それに、兄ならどうしてこんなに優太が嫌がるのだろう？

わけが知りたくて、秋は優太と男を交互に見つめる。しかし優太は秋のズボンを掴み、隠れるようにして顔を逸《そ》らしたままだし、男も――准一も憮然《ぶぜん》とした顔のままだ。

やがて、准一は痺《しび》れを切らしたように「家庭の問題だ」とぽつりと言った。

「わかったらそこをどけ。きみは優太の知り合いのようだが、今は関係ない」

そして再び、秋を退けようとする。秋は身体を張って、准一を押しとどめた。

「か、関係なくないです！　もし家の問題でも、優太くんがこんなに嫌がってるなら行かせられません」

誘拐、虐待、という言葉がぐるぐると頭を回る。

自分一人でなんとかなるだろうか？

今からでも大声を出して、部屋にいるはずの仁井辺か祖母を呼んだ方がいいのではないだろうか。

秋は必死に考えたが、その前に准一が口を開いた。

「話のわからない子供だな……。だいたい、きみは誰だ」

「ぼ、僕はこの家の者です。優太くんとは友達っていうか、知り合いっていうか」

そして秋は、准一に説明する。

自分はここに住む祖母と暮らしていること。

優太とは、去年近くの神社で行われたお祭りで知り合い、それからというもの、互いの家を行き来して親しくしていたこと……。

すると、それを聞き終えた准一が今度は現状を説明し始める。

それによれば、彼は優太の腹違いの兄で、両親を亡くした優太を引き取るためにやって来たらしい。

准一は、淡々とした口調で言う。

「あの家はもう売る。優太はわたしのマンションに引き取る予定だ。だから今日連れて行こうとしたのに……」

「だって、みんなとあえなくなるのはいやだよ！」

途端、優太が泣き声を上げる。

「どういうこと？」

再びしゃがみ込み、秋が話を聞けば、どうやら准一のマンションに引き取られると、今通っている幼稚園に通えなくなってしまうらしい。

（それで嫌がってたのか……）

確かに、優太は今の幼稚園を気に入っているようだった。先生とも友達とも楽しく過ごしていたようだし、そうでなくとも、まだ幼いのにいきなり知らないところへ行くのでは不安が大きいのだろう。

「……なんとかなりませんか」

秋はしゃがんだまま、准一を見上げて言った。

だが准一は首を振る。

「もう決めたことだ」

その言い方は、冷たく取りつくしまがない。

秋は顔を顰《しか》めた。

「もう少し優太くんのことを考えてあげて下さい。事情はわかりますけど、ご両親があんなことになったばかりなんです。それだけでも大変で悲しいのに、引っ越したり今までの友達と離れるとなれば不安に決まってます」

「だったらどうしろと言うんだ。わたしには仕事がある。仕事をしながらあの屋敷の管理をして、この子供の面倒までみるのは無理だ」

「子供、なんて言わないで下さい。あなたの弟でしょう⁉」

　強く言うと、准一は気まずそうに黙る。が、すぐ言い返してきた。

「とにかく、無理だ。今まではどうだったか知らないが、わたしは必要以上に家に人を入れることは好まない。家の管理ができない以上、あの屋敷には住めないだろう」

　そして一歩踏み出してくると、強引に優太の手を取る。

「行くぞ！」

「っ…やだ！　やだってば――あっ！」

「優太くん！」

　慌てて秋は追いかけたが、「他人のきみには関係ない！」と言われてしまえば、それ以上何もできなくなってしまう。

　秋は男と優太が去って行った道を見つめ続けながら、唇を噛み締めた。

◆

「立ち入り禁止みたいだな」

「うん……これってやっぱり売る予定だからなのかな」

「まあ、多分な。売るかどうかはともかく、住む人がいないなら取《と》り敢《あ》えず立ち入り禁止にしないとだし。でもまじでデカい家だな」

すげーと感嘆の声を上げる友人――同じクラスで家の近い斉藤《さいとう》と一緒に優太が住んでいた屋敷の塀の周りをぐるぐる歩きながら、秋はふうと溜息をついた。

優太が連れて行かれた翌日。秋は昨日のことが気になり、学校からの帰り、いつも一緒に帰宅する斉藤とともにここに足を向けたのだが、玄関にも勝手口にも、立ち入り禁止のロープが張られている状況だった。

ひと月ほど前、お悔やみのためにここに来たときはこんなことにはなっていなかったのに、その後准一がやったということなのだろうか。ここで働いていた人たちも、もういなくなってしまったのだろうか。

(優太くん、どうしてるかな……)

斉藤と別れ、自宅へ戻りながら、秋は顔を曇らせた。

嫌だ、と最後まで抵抗していた優太。

なんとかしてあげられなかっただろうか。

その想いは帰宅して食事の用意をしていてもぐるぐると頭の中を巡り、考えれば考えるほど後悔が込み上げてくる。

その様子が、いつもと違っていたのだろう。

「秋、どうしたのかね」

ばあちゃんが心配そうに尋ねてくる。

言うべきかどうしようか、と秋が迷ったそのとき。

「⁉」

ピンポーン、ピンポーン、と、立て続けに玄関のチャイムが鳴った。

何があったのかと出てみると、そこにいたのは息を乱した焦り顔の准一だった。

「ど、どうし――」

「優太はここにいないか」

秋が言い終える前に准一は言うと、家の中を窺《うかが》うようにして身を乗り出してくる。

「い、いませんよ！　あなたが連れて帰ったんじゃないですか！」

それを押し返すようにして、秋は外に出る。

だが准一は、どう見てもただならない様子だ。

「ひょっとして優太くんに、何かあったんですか？」

昨日とあまりに違う准一の様子が気になり、尋ねると、彼は顔を顰めて頷いた。

「優太が……新しく通うことになった幼稚園からいなくなった」

「ええっ⁉」

「仮入園という形で今日から通っていたんだ。朝はバスに乗ったし、昼過ぎまではいたという話なんだが……いつの間にか抜け出したらしい。近くを探してもらっているんだが見つからなくて……。もしかしたらと思ってこっちに来たんだが」

「僕も探します！」

秋は声を上げると、早速辺りを探そうとする。

が、はたと気付き、「手助けを頼んでみます」と下宿に上がっていった。境か仁井辺がいれば助かる。彼らなら、優太のことも知っているはずだ。

順に部屋をノックすると、境が顔を見せる。事情を話すと、アルバイトの時間まで一緒に探してくれるという。

「ありがとうございます！　僕たちは大通りの方に行ってみます」

「わかった。あ、そうだ。ばあちゃんには話、した？」

「あ――ま、まだです」

「じゃあ俺から話しておくよ。ここに来るかもしれないし。んで、公園の方を探してみるよ」

「お願いします」

そして二手に分かれると、秋は准一とともに優太の姿を探し始めた。

まだ陽は落ち切ってはいないとはいえ、時刻は夕方だ。早く見つけなければ。

「大きな通りに出る前に、神社に寄ってみませんか？　たまに、遊びに行ってたんです」

「わかった。そこも探そう」

「はい。そう言えば、新しい幼稚園、ってどの辺りなんですか？」

ただ黙って探しているとなんとなく不安で、秋は言葉を継ぐ。

だが、「白金《しろかね》だ」という短い答えにぎょっとしてしまった。

港区《みなと》の白金から、ここ世田谷の深沢《ふかさわ》まではかなりの距離がある。

「そんなところでいなくなったのなら、ここよりも向こうを探した方がいいんじゃないですか⁉」

秋が言うと、准一は眉を寄せたまま首を振った。

「向こうは探してから来たんだ。いなくなったと連絡をもらったのは何時間も前で、それからずっと探してる。幼稚園の周りもマンションの周りも探してみた。だが見つからないんだ。土地勘もないし、いるとすればその辺りのはずなんだが……。だからこっちに来た。あの子は、とにかくこっちに戻りたがっているようだったから……」

だが、そう話す准一の顔は青い。秋も背中が冷たくなるような感覚を覚えていた。

新しい土地よりも、今まで住んでいた土地の方が慣れているとはいえ、優太はまだ五歳だ。五歳にしては賢いし、母親と一緒に出かけるとき、車ではなく電車を使ったこともあるようだったから、一人で電車に乗ることもできるはずだが、迷わないとは限らない。それに、誰かに連れ去られた可能性もある。

と、准一の携帯電話が鳴る。

もしかして見つかったのだろうかと、二人とも期待して足を止めたが、どうやら仕事の電話だったようだ。

准一は出るや否や「あとでかけ直す」と短く言い、すぐに切ってしまう。

しかし忙しいのか、電話は十分とおかずにかかってくる。

二度、三度と、電話に出ては「かけ直す」と電話を切ることを繰り返すと、准一は長く溜息をついた。

「まったく……こんなときに」

「お仕事ですか?」

「ああ。電源を切っておけばいいんだろうが、向こうの幼稚園から連絡がある可能性があるからな」

「前に通っていた幼稚園に連絡は……」

「してある。先生に頼んで見つけたら保護してもらうようにお願いしたし、以前親しかった友達のご父兄にもそれとなく話をしてくれるように頼んだ」

「そうですか。優太くんは、ここまで来られるお金は持ってるんですか?」

「多分な。お年玉を貯めていただろう」

神社の境内を探しながら、二人は話す。

だが見つからず、お互い、焦りが表情や声に出てきていることがわかる。

（警察に行った方がいいのかも……）

秋はぐるりと境内を見回しながら思った。これだけ探して見つからないなら、しかるべきところに頼んだ方がいいかもしれない。

しかしそのとき。

「そうだ――。家には行ってみましたか？」

ふと思い浮かび、秋は尋ねた。

「え？」という顔をする准一に、「優太くんが住んでいた家です」と続ける。

すると、准一は首を振った。

「いや、行ってない。だがあそこはもう売る予定にして立ち入り禁止にしているから――」

「でも、優太くんにとっては一番大切な場所です。念のために行ってみましょう！」

秋も、確かにあの屋敷の入り口にテープが張られているのは見た。

人もいなくなってすっかり寂しくなっていた屋敷。けれど、あそこは優太にとっては生家で思い出が一番詰まっている場所だ。行ってもおかしくはない。

そして行ってみれば、数時間前に見たのと同じように、立ち入り禁止の表示があるままだ。

門も閉じている。が、小柄な子なら、中に入ろうと思えば生け垣の間から入れないこともない気がする。

「中、見ておきませんか」

生け垣の隙間から様子を窺いながら、秋は尋ねる。

「いるだろうか？」

「念のためです。ここが一番思い出深い場所なんですから」

強く言うと、准一は少し迷う顔を見せたものの、「こっちに来てくれ」と裏口に回る。

そしてポケットを探ると、キーホルダーを取り出し、そこのドアの鍵を開けた。

秋は准一に続いて屋敷に入ったが、日が落ち始めているせいか辺りはよく見えない。

「ちょっと待っていろ」

すると、准一が言い置き、ややあって手に懐中電灯を持って戻ってきた。どこかに置いていた非常用のものなのだろう。

二人で一つずつ持ち、裏庭を、そして庭を探していく。

「家の中には入れませんか？」

「家の鍵は全部かけてあるはずだ。窓を破れば入れないことはないだろうが、そんな力はないだろうし、そんなことをすれば防犯会社から連絡が来る」

秋は、少し肌寒さを感じながら頷いた。

ついこの間まで残暑が厳しかったのに、今はもう、日が落ちると寒い。早く見つけなければ、大変なことになりかねない。

と、そのとき、今度は秋の携帯電話が鳴る。出てみれば境だった。

『もしもし、見つかった？』

「いえ、まだです。今、優太くんが住んでた家に来てるんですけど……」

『そっか……。じゃあ僕は駅の方に行ってみようかな』

「すみません……お願いします」

『いいっていいって。優太くんなら僕も知ってるし他人事じゃないからさ。じゃ、また電話するから』

「はい」

電話を切ると、准一が顔を曇らせて見つめてきていた。

「すまない、色々と、迷惑をかけて」

その様子は、昨日の強引さとはまるで違う、誠実なものだ。

責任を感じているのだろう。

「気にしないで下さい」と秋が首を振りかけたときだった。

「!?」

どこからか、人の声のようなものが聞こえた気がした。

はっと息を呑《の》むと、

「どうした?」

准一が尋ねてくる。秋は口元に人差し指をあて「しーっ」という仕草をすると、息を止めて耳をすませた。

だが、もうなんの音もしない。気のせいだったのだろうか?

そう思ったとき。

「あ」

懐中電灯が描く灯りの輪の端に、小さな靴が映った。

准一も気付いたのだろう。二人は顔を見合わせて頷くと、その灯《あか》りが射している庭の木陰に歩み寄る。するとそこには、疲れたのか木に寄りかかるようにしてうたた寝している優太の姿があった。

「優太く……」

「優太!」

しかし准一が名前を呼んだその瞬間。

優太はびくりと目を開けると、逃げるように腰を上げる。

「待って!」

慌てて、秋はその腕を捕まえた。

逃げようと身を捩る優太を抱き締めると、「大丈夫だから」と諭した。

「僕だよ。秋だよ。大丈夫。大丈夫だから」

冷え始めていた身体を抱き締めるようにしてそう言うと、秋に気付いたのか優太はほっとしたような顔を見せる。しかし直後、泣きそうに顔を歪《ゆが》めると、ぎゅっと抱きついてきた。

「あき……あき……っ」

肩が震えているのは寒いからだろうか。それとも泣いているからだろうか。

秋はぎゅっと抱き締め返すと「大丈夫だから」ともう一度繰り返した。

「大丈夫──。大丈夫だよ」

そしてゆっくりと背中を撫でさすると、優太はようやく顔を上げる。

涙で赤くなっている目元を柔らかく拭ってやると、優太は小さくしゃくり上げた。

「みんなといる……」

「──うん」

「なおくんと、あっくんと、しんじくんと、まーくんと、みさきちゃんと、まりちゃんといる……」

「うん」

「なおこせんせいといる……っ。あきともいっしょにいる……っ」

「うん……」

秋が頷くと、優太は服をぎゅっと掴んでくる。

「優太——」

その様子が気になったのか、そろりと准一が声をかけてくる。だがその途端、優太は身を竦ませ、また目に涙を溜める。

「あ……」

そんな優太にさすがにショックを受けたのだろう。

准一は眉を寄せると、伸ばしかけていた手を引っ込める。

確かに、優太にしてみれば兄といえど突然現れて、住んでいた家からも幼稚園からも引き離した准一は、声をかけられるのも嫌な相手なのだろう。

だが、彼は本気で優太を心配していたし、仕事の電話がかかってきても優太探しを優先していた。

秋は優太を抱き締めたまま、そっと准一を見た。その表情からは、本当に困っている様子が窺える。秋にも迷惑をかけたと謝っていたし、そこまで酷い人ではないのかもしれない。

秋は准一を見つめ、優太を見つめ、少し考えると、

「あの、取り敢えず僕の家に来ませんか」

そう申し出た。

驚いたように見つめてくる准一に、そろそろと続ける。

「優太くんも疲れてるみたいですし……。一休みしたらどうかなって」

「……そうだな」

すると、准一は深く頷く。

「きみさえ良ければ…お邪魔させてもらっていいだろうか」

「はい。もちろんです」

秋は頷くと、優太にも「家に行こう」と声をかけて立ち上がる。

境と祖母に優太が見つかったことを連絡すると、手を繋《つな》いで家を目指した。

しかし歩いている最中も、優太はしきりに後ろを気にしている。少し空けた後ろから、准一がついてくるからだろう。

秋はずっと「大丈夫だよ」と繰り返したものの、優太の手は緊張のせいか硬くなったままだった。

◆

家に着くと、既に電話で優太を連れて行くと知らせていたためだろう。祖母が家の前に出て待ってくれていた。隣には境もいる。

「おばあちゃん！」

「優太くん、こんばんは」

祖母の姿を見るが早いか駆けて行って飛びつく優太の様子に、隣に並んできた准一が溜息をつくのが聞こえた。

「仲がいいようだな」

「……ええ……まあ」

秋が頷くと、准一は再び溜息をついたものの、次の瞬間、ぴしりと背筋を伸ばす。

そして祖母の前まで行くと、「守宮准一です」と名乗った。

「このたびは、お世話をおかけしてしまって申し訳ありません」

次いで深く頭を下げる彼に、秋は驚いた。

確かに祖母も優太を心配しただろうし、今夜の二人の訪問はまったくの予定外だっただろう。

だがそんなに丁寧に挨拶してくれるとは。

祖母も驚いたのだろう。

「いえいえ」と困ったように苦笑を見せている。

「と、とにかく上がって下さい」

秋は言うと、バイトに行くという境に「ありがとうございました」と頭を下げたのち、玄関の引き戸を開ける。

真っ先に飛び込んだのは、優太だ。靴を脱ぐが早いか、「おじゃましまーす！」といつものように挨拶し、早速家の中を走り回っている。

元気が戻った様子にはほっとしたが、ちらりと准一を窺えば、彼は苦い顔だ。

それでもなんとか彼にも上がってもらい茶の間に座ってもらうと、「どうぞ」と、彼の前にお茶を出した。

「すぐにごはんも用意しますね」

しかし続けてそう言うと、准一はびっくりした顔で「いや、そこまでは」と首を振る。

だが直後、奥の部屋から祖母と優太の楽しそうな声が聞こえてきたからだろう。

彼はお茶を一口飲み、考えるような間を開けると、「迷惑でないなら」と言い直した。

「どうやら時間がかかりそうだからな……。きみとおばあさまにはつくづくご迷惑をかけてしまうが…お言葉に甘えさせてもらっていいだろうか」

そして真《ま》っ直《す》ぐに秋を見つめて言う准一に、秋は「はい」と頷いた。

さっきもそう思ったけれど、彼は年下の秋にも礼儀正しい。

最初は強引で冷たい人に違いないと思っていたけれど、どうもそれだけの人ではないみたいだ。

准一に対する印象を変えながら、秋は台所に立つ。

「何か、手伝えることはあるか」

するとと不意に、准一が訊《き》いてきた。

「料理、できるんですか？」

しかし尋ね返すと、「いや……」と彼は口籠《くちご》もる。

「できないが…ただ待っているだけというのも手持ちぶさたで。少しだけでも役に立てればと思ったんだ。優太と話したいと思っても、あの様子じゃまた泣かれそうだし」

話しながら、准一は台所に入ってくる。

背の高い彼が来たせいで狭くなった気がしたけれど、嫌な気分ではなかった。

むしろもう少し話がしたかったから。

「お仕事の方は大丈夫なんですか？」

味噌汁《みそしる》を作り、魚を焼きながら、秋は尋ねる。

優太を捜していたときに何度もかかってきていた電話が気になっていたのだ。すると、
准一は「大丈夫だ」と頷いた。

「まだ優太のことが終わっていないしな。仕事のことはこれが片付いてからだ」

どうやら、今も仕事よりも優太のことが優先らしい。秋はそのことを嬉しく感じながら、
准一に言った。

「優太くんのこと、考えてくれてるんですね」

「？　当然だろう。なんだ、ひょっとしてわたしが弟に酷いことをすると思っていたのか」

「酷いことっていうか……昨日は凄く強引だったので」

「強引、か。わたしだって、できればそんな風にしたくない。だが、しなければならないときもある。あの子にも、なんとかそれをわかってもらえればいいんだが……あの年ではまだ無理なんだろうな」

そう言うと、准一ふっと溜息をつく。

その貌は、持て余すほどの悩みに困り果てている表情だ。

（なんとかならないのかな……）

秋は夕食のおかずである秋刀魚《さんま》を一尾、二尾と焼き、大根をおろしながら、胸の中で呟いた。

准一は、ちょっと言葉がきついところはあるものの、根は悪い人ではないようだ。

だがまだ幼い上に両親を失ったばかりの優太がいきなり現れた「兄」に懐けないのも仕方ないことだし、ずっと住んでいた家を離れることに納得できないのもよくわかる。

（それにしても、どうして今まで会ってなかったんだろう）

秋は、准一のことをもう少し詳しく知りたくなり、思い切って尋ねる。

「あの…守宮さん」

「なんだ」

「その、嫌なら答えてくれなくてもいいんですけど、そもそもどうして今まで優太くんと会わなかったんですか？」

他人の家のことに踏み込みすぎていることは秋にもわかっていたから、答えてもらえなくても仕方がないと思っていた。だが意外にも、准一はあまり嫌な顔を見せずに答えてくれた。

「わたしがあの家に戻らなかったからだ。父がわたしよりも若い女性と結婚したことがどうしても嫌で……二十歳のときに家を出てから、一度も戻らなかった。元々、父とは仲が良くなかったし、義母とも折り合えなかったからな。だから父も義母も、わたしのことは話に出さなかったはずだ。きみも聞かなかっただろう。違うか？」

「……」

そう言えば……と秋は優太の家に行ったときのことを思い出した。

何度か優太と彼の母親と一緒にお茶を飲んだこともあったが、他に家族がいるような話はまったく出なかった。

（それでだったんだ……）

納得していると、魚が焦《こ》げる匂いがする。

「あっ」

慌てて火を止め、ちょっと皮が焼けすぎた秋刀魚を、急いで皿に移す。そして大根おろしを添えていると、

「せめて運ぶぐらいはわたしがやろう」

その秋刀魚を、ごはんを、味噌汁を、漬け物を、准一が運んでくれる。慣れていないその様子はちょっと不安になるものだったが、彼の優しさが伝わってくる気がして、秋はそのまま彼に運んでもらった。

「優太くん、ばあちゃん、ごはんできたよー」

やがて、茶の間のテーブルの上に全て並べ終えると、秋は廊下に顔を出し、奥の部屋へ向けて叫ぶ。

「わーい！」

直後、ばたばたと優太が駆けてきた。

「ごはん？」

「うん。一緒に食べよう」

「うん！」

しかし、茶の間に足を踏み入れた途端。寸前までの笑顔が、強張った表情に変わる。

優太は秋の身体に隠れるようにして准一の視線から逃げると、そのまま秋の隣、准一から離れたところに座る。それでもまだ、不安そうな顔だ。

「あき……」

「大丈夫だよ、優太くん。ごはんのときは守宮さんも優太くんを連れて行ったりしないって」

「……ごはんのあとは？」

「あ、あと？　あとは……ええと……」

言葉につまる。

このあとはきっと、准一はまた優太を連れて帰ろうとするだろう。なにしろそれまで住んでいた屋敷は既に人の気配がなく、とてもではないが今夜優太と准一が過ごせそうな様子ではなかった。

「と、とにかく食べよう。ごはんのあとのことは、まだわからないから」

こんな言葉で誤魔化すしかない自分に内心顔を顰めつつ、それでも努めて笑顔で優太に言うと、秋は「いただきます」と自ら一番に手を合わせて箸を取る。

すると、秋の笑顔で気が逸れたのか、お腹が空いていたからなのか、優太もまるで直前の質問を忘れたかのように元気に「いただきます！」と声を上げ、箸を取る。

ぎこちない箸使いながらも懸命に秋刀魚の身を取ると、一口食べ、「おいしい！」と笑顔を見せた。

「おいしい！　ぼく、おさかなだいすき〜！」

そして二口、三口と食べる優太に、祖母が優しく「ごはんも食べなさいね」と声をかける。

「うん！」

続けてごはん茶碗にも手を伸ばす優太は、もうすっかり元気だ。

しかしそれを見る准一はといえば、眉を寄せたまま黙々と食べている。

「あの……お口に合いますか？」

「ああ」

秋がそっと尋ねるとなんとか返事はしてくれるものの、表情は相変わらず硬いままだ。

優太のことを気にしているのだろう。これからのことを。

そして再び優太を見れば、彼は彼で准一を見ようともしない。

完全に嫌ってしまっている状態だ。

間に挟まれて食事をしながら、秋は（どうしよう……）と考え続けていた。

◆

その後、秋は優太を再び祖母に任せると、これからのことを准一と相談した。

祖母は「いっしょにいようかね？」と気にしてくれたし、大人の准一と話すなら大人の祖母にいてもらった方がいいかなとも思ったが、二対一ではなんとなく准一に悪いような気がして、二人で話すことにしたのだ。

お茶を飲みながら改めて話を聞いてみると、彼と優太とは本当にまだ数度しか会っていないらしい。それも、全て両親が亡くなった後だという。

准一は、ゆっくりと言葉を継ぐ。

「昔からの父の腹心の中には、わたしと父とを仲直りさせようという者もいたから、彼を通じて優太のことは知っていたが、結局わたしは家に戻らなかったから、名前を知っていた程度だ。会ったのも、葬儀のときが初めてになる。だがあの歳で一人にさせるのは不憫《ふびん》で……。だから引き取ろうと思ったんだがな」

准一は、ふーっと溜息をついた。

「上手くいかないものだ。元々子供の扱いが上手くない上に、今のわたしには余裕がないせいもあるんだろうが……」

「余裕？」

秋が訊くと、准一は小さく頷いた。

「仕事が立て込んでいる。父が亡くなって会社が混乱しているし、後を継いだわたしが素人だからな。まだまだ周りから教わることばかりで、どうしても業務が滞ってしまう」

「……」

「まあ、本当なら後を継ぐ予定じゃなかったことは周りも知っているから、ある程度大目に見てくれてはいるが……」

「そうなんですか？」

「ああ。家を出てから、一度も戻らなかったように、わたしは父とは縁を切ったつもりでいた。だから自力で長く働ける公務員になったんだ。今回、会社を継ぐ話も、本当なら断ろうと思っていたんだが……さっき言った、顔見知りの重役たちに説得されると無下《むげ》にできなくてな。わたしにできるなら、と引き受けた。だから今はそれで手一杯だ。『慣れるまでは』と周りは見守ってくれているとはいえ、いつまでもそんな状態に甘えてはいられないし、わたしのせいで社を一層混乱させては元も子もない。だから、仕事と優太の面倒をみることを両立できるように、あの子をわたしが住むマンションに引き取ろうとしたんだが……昨日きみが言ったように、まだ小さいあの子にはやはり酷だったようだな」

事情を全て話すと、准一はまた溜息をつく。

「あのお屋敷で一緒に住むのは…無理ですか？」

そろそろと秋が尋ねると、准一は少しだけ考える様子を見せたものの、ゆっくりと首を振った。

「家政婦を何人も雇えば、二人で暮らすことも無理じゃないだろう。実際、以前はそうだったんじゃないか？　父と義母と優太と三人で暮らしていても、まだ広い家だ」

「はい。お手伝いさんっていうか、家政婦さんっていうか…そういう人は何人も見ました」

秋は過日を思い出しながら言った。

優太と知り合ってから、何度か彼の家に行ったことがあるが、広い庭といい、十以上あった部屋数といい、あそこは家族三人で暮らすにも大きすぎた家だ。

優太の両親が生きていたころは、母親がずっと家にいたし、何人もの家政婦さんのような人がいたから、それでも家らしい活気があった。

だが二人きりで暮らすとなれば……確かに広すぎる。寂しいだろう。

すると、准一は頷いて続けた。

「だろうな。父は昔からそういうことをステイタスだと思っていた人だ。だが、わたしはそんな風に他人が家に入ってくることを好まない。寛《くつろ》げない気がするし、自分のことは自分ですればいいと思っているからな。それに、人が多くなれば、揉め事も増える」

「……」

それはあるかも……と秋は胸の中で呟いた。

優太の屋敷へ行ったとき、秋も家政婦さん同士が揉めているところに出くわしたことがあったのだ。たまたまそのときだけだったのかもしれないが、休日のことやお給料のことで言い合っている様子は気持ちのいいものではなかったから、准一が寛げないと思うのも、他人が家にいるのを嫌がるのもわかる気がする。

そして准一はと言えば、まだ悩みに眉を寄せたままだ。

その様子からは昨日のような強引さは感じられず、むしろ本当に本気で優太のことを考え、だからこそ今後のことに困っている気配が伝わってくる。

（僕に、何かできないかな）

秋はそんな准一を見つめながら、強く思った。

彼は悪い人じゃない。それは、この数時間でもうはっきりとわかった。

優太のために、そして優太のことを考えている彼のために、何かできないだろうか……。

う〜ん……と眉を寄せて考えたとき。

ふと、一つの考えが頭の中に浮かんだ。

「あ――あの」

秋が声を上げると、准一がこちらを見る。目が合った途端、自分の考えの突拍子のなさに耳が熱くなったが、なんとか声を押し出した。

「あの、これは今思いついたことなんですけど……優太くんをうちで預かるというのはどうでしょうか」

「え？」

「ここで、優太くんの面倒をみるっていうのはどうですか？　うちならばあちゃ…祖母がずっと家にいますし、以前通っていた幼稚園にも通えます。もちろんずっとじゃなくて、優太くんが守宮さんに慣れるまでですけど……」

「……」

「守宮さんのお話を聞いていたら、守宮さんが凄く優太くんのことを考えているのは伝わってきました。でも、会っている時間が少ないから優太くんも慣れられないんだと思うんです。だから、優太くんをここで預かって、しばらく面倒をみている間に、守宮さんもここで優太くんと仲良くなるっていうのはどうでしょうか」

「いや、だがそれは」

准一は戸惑ったような顔を見せつつ、首を振った。

「それはさすがに無理だろう。きみやおばあさまに迷惑をかけすぎる」

「僕は平気です！　っていうか…そうして欲しいと思ってます。守宮さんが自分のマンションに優太くんを連れて行きたいっていうのはわかりますけど、今の優太くんじゃ、きっとまた逃げ出しちゃうと思うので」

「……」

准一も、その可能性を想像しているのだろう。

難しい顔をして黙ってしまう。秋は、そんな彼に続けた。

「うちは、下宿をやっていて人が多いことには慣れてますし、優太くんと仲良くなるまでそうしたらどうですか？」

「だが」

「前から、優太くん、うちに泊まりに来たりしてたんです。だから優太くんも他のどこかに行くよりはここの方がいいと思いますし」

「……そうなのか？」

「はい」

するると、准一は微《かす》かに俯《うつむ》き、考えるような顔を見せる。

やがて、顔を上げると言った。

「きみのその提案はありがたいと思う。だが、ここで決めるわけにはいかないだろう。きみのおばあさまにも話をさせてもらいたい。そしてもし預かって頂けるなら、こちらからお願いする形にしたい」

「わかりました」

頷くと、秋は「待ってて下さい」と言い残して立ち上がり、優太と祖母が遊んでいる奥の部屋へ向かう。そして祖母に事情を話すと、今度は自分が優太の遊び相手になるから、その間、茶の間に戻って准一と話してもらいたい、と頼んだ。

「ああ…なるほどね。うちでね。うん、優太くんがいいならばあちゃんはそれでいいよ」

「でも取り敢えず守宮さんと話してもらえるかな。守宮さんがばあちゃんとも話しておきたい、って」

「はいはい。あの人は随分きちんとした人だねえ」

苦笑しながら立ち上がると、祖母は茶の間へ足を向ける。

それを見送り、秋がほっと息をつくと、不安そうな顔で座っていた優太が秋にくっついてきた。

「ねえ、あき」

「ん?」

「ぼく、ここにいちゃだめ?」

「……」

「あのひとといっしょにいないとだめ?」

「『あのひと』なんて言っちゃ駄目だよ。お兄さんなんだから」

「でもあったことないもん」

「……」

「おにいちゃんがいるなんてしらなかったもん……」

「仕事で一緒に住めなかったんだから仕方ないよ。でもお兄ちゃんだよ」

「そうかな」

「そうだよ」

「でもいやなことばっかりいうよ? べつのところにすむとか、ようちえんにはいけない、とか。ぼくいやだ」

准一に言われたことを思い出したのか、優太は顔を歪ませて言う。今にも、また泣き出しそうだ。

それを宥《なだ》めたいものの、上手い言葉が見つけられずにいると、足音が聞こえ、祖母と一緒に准一がやってきた。

「優太」

それを見た途端、優太が秋にしがみつく。すっかり彼を怖がっているようだ。

「大丈夫だよ」と秋が優太を宥めていると、そんな二人の前に、准一は片膝をついてしゃがみ込んできた。

ますます怯《おび》える優太に、准一は優しい口調で言った。

「優太。今、百山さんと話をしてきた。お前さえ良ければ、少しここでお世話になるか？」

「え？」

「わたしとお前は兄弟とはいえ、ずっと会っていなかったし、そんな状態で一緒に住むのは難しいだろう。だから、少しここにいるか、と言ったんだ。お前はここに住んで、わたしはここへ通ってくる。そして色々話をしよう。そういうのはどうだ？」

「……」

「百山さんに迷惑をかけないように、いい子にしているのが約束だが」

「いいの？」

「……ああ」

「ここに、いていいの？　ようちえんは？　なおくんとあそんでいいの？　うーちゃんにごはんあげていいの？」

「……うーちゃん?」

「兎《うさぎ》です。幼稚園で飼ってる……」

聞き慣れない言葉に目を瞬かせた准一に、秋が傍《かたわ》らからそっと教えると、准一は苦笑し、「ああ」と頷く。

途端、優太はぱっと顔を輝かせ、「やった!」と大きな声を上げた。

「うん! いる! ここにいる!」

さっきまでの不安そうな顔から一変、優太は弾む声で言うと、立ち上がって跳ねながら喜ぶ。

その様子は、ここへ初めて泊まりに来たときの興奮を見るようだ。

だがそれに反比例するかのように准一の表情は苦笑が濃くなっていく。

秋は、そんな彼の様子に胸が痛むのを感じた。

自分が申し出たことだけれど、本当にこれで良かったのだろうか。

「あの……守宮さん」

秋は優太を祖母に任せると、今夜は一度自宅に戻るという准一を見送りながら、声をかけた。

「その……ええと……折を見て僕からも優太くんに話しますね」

すると、准一は小さく苦笑した。

「きみが気にすることじゃない。わたしは昔から、子供に好かれるタイプじゃない」

「でも」

「それに、ここでお世話になる方が後々のためになるだろうと、わたしも感じたんだ。いきなり距離を詰めるよりは、少しずつお互いを知っていくべきだろう。それから、おばあさまとお話しさせて頂いて、わたしもここに下宿させてもらうことになった」

「え……？」

　ここに？

　目を瞬かせる秋に、准一は頷いた。

「毎日ここに寄るつもりではいるんだが、なにしろ帰るのが遅いからな。帰ってからでは優太とは会えないだろう。そう話すと、それならこの下宿の一部屋を使えばいい、と提案して下さったんだ。ここに泊まって、朝話せばいいじゃないか、と。だからお言葉に甘えさせてもらうことにした。もちろん、家賃はきちんと払うつもりだ」

「……」

「しばらくは、ここと、自宅のマンションと会社とを行き来することになるだろう。色々と世話になると思うが、よろしく頼む」

「は、はい」

　真摯な表情で言われ、秋が頷くと、准一はやっとほっとしたように微笑《ほほえ》んだ。

「優太くん、モンにごはんあげに行く？」

「うん！　いく！」

◆　◆　◆

それから一週間。

秋の家に住み始めた優太は、すっかりここでの生活に馴染んでいた。

毎日、ここから幼稚園へ通い、帰ってくる。

そして秋が帰るまでは祖母と遊び、秋が帰ってからは一緒にモンの散歩に行ったり食事の買い物に行ったりしている。

夕食後は、一緒に遊んだりテレビを観たりして、モンにごはんをあげてお風呂に入って眠る。

准一は毎日やって来ていたが、彼自身が言っていたように帰りは深夜で、優太は眠ったあとだったから、結果、祖母が提案したようにここに住むことで、なんとか毎朝少しずつ優太と話ができているような状態だ。

だが、それでも一緒にいる時間が作れているからだろう。

最初こそ、准一とは目も合わさず、彼が同じ部屋にいるだけで緊張していた優太だったが、段々とその空気も和《やわ》らいできている。

（この調子で仲良くなれるといいんだけど……）

ごはんを食べているモンの前にしゃがみ込み、その頭を撫でている優太を見つめながら秋が思っていると、

「ただいま」

准一が帰ってきた。

今日は早い。

「おかえりなさい。今日は早いんですね」

「ああ。人に会う約束だったんだが思っていたよりも早く終わった」

准一は言うと、優太を見る。

「お…かえりなさい」

すると、優太はしゃがんだまま、おずおずと挨拶した。

まだ怯えている様子だが、以前のように顔を見るだけで逃げるほどではない。

そんな優太に准一はふっと微笑むと、隣にしゃがみ込み、モンを撫でた。

「この犬は、いくつなんだ？」

誰にともなく尋ねる。

少し待ったが優太は答えず、代わりに秋が答えた。

「モンは八歳です」

「八歳か。モンという名前は……」

「もんぶらんだよ。けーきのこと！」

すると、二人の会話に、優太も入ってきた。

彼は准一と一緒になってモンを撫でると、門灯と庭の灯りの中でもわかるほど目を輝かせて続ける。

「くりのけーきだよ。しってる？　ぼくしってるよ？　くりがのってるけーき！　おなじいろなんだよ」

その様子に、准一も頬を綻《ほころ》ばせた。

「栗《くり》のケーキ、好きなのか」

「だいすき！　おいしいんだよ！」

言いながら、優太は熱心にモンを撫でる。

そんな優太を見る准一は嬉しそうに微笑んでいて、秋から見ればすっかり仲のいい兄弟という様子だ。

（良かった……やっぱりうちで預かって良かったのかも）

当初はどうなることかと思っていた二人の関係が良くなってきているると実感でき、秋もほっとしていると、

「秋、ちょっといいかねぇ」

家の中から、祖母の声がする。

「何？」

二人を残したまま、秋が家の中に戻ると、祖母は何か探し物をしているようだ。茶《ちゃ》の間《ま》箪笥《だんす》の引き出しを開けたり締めたりしている。

「ああ、秋。この間、回覧板を写したものはどこへやったかね。お掃除の当番の日程を書いたやつは」

「あれ？　ええと……あれだったら確かいつもの引き出しに入れてなかったっけ」

「ないんだよねえ。それが」

困ったように言う祖母と一緒になって、秋も茶の間や台所のあちこちを探し始める。

すると、目当てのものは引き出しの向こう側で見つかった。どうやら閉めたときのはずみで落ちてしまったようだ。

「あ——あった。これだよね」

秋は引き出しを外すと、皺《しわ》が寄ってしまった紙を丁寧に伸ばして祖母に渡す。

「ああ、これこれ。ありがとうね」

祖母が笑顔で受け取った、そのときだった。

「いやだ！」

外から、優太の大きな声が届いた。

びっくりして玄関に向かうと、ちょうど入ってきた優太とドンとぶつかった。

「ゆ、優太くん⁉」

抱き留め、事情を聞こうとしたが、優太は興奮しているのか秋の手を振り切って家の奥へ駆け込んで行ってしまう。

追いかけようとしたとき、長い溜息の音が聞こえた。

振り向けば、そこにはがっかりとした様子の准一が立っていた。

「守宮さん……」

「わたしが悪かったんだ。もう大丈夫なんじゃないかと思って、マンションに住む話を持ち出してしまった」

「あ……」

「せっかく、少し警戒心が薄れた様子だったのに……」

唇を噛む准一の貌には、後悔が色濃く滲んでいる。

何か声をかけたいと思うものの、上手い言葉が見つからない。秋は気まずい空気をなんとかしたくて、「それより家に」と准一を促した。

「今日は早かったですし、夕食、まだなんじゃないですか？　今用意しますから、食べて下さい。その間に、僕が優太くんと話しますから」

「いや、わたしが話す。きみにばかり頼むわけにはいかないからな」

そう言うと、准一は靴を脱いで家に上がり、奥へ向かっていく。

秋も慌てて後を追うと、彼は母屋の奥の部屋の前で、襖《ふすま》越しに優太に声をかけていた。

「優太。わたしが悪かった。だから謝らせてくれ」

しかし、その呼びかけに返事はない。襖も、ぴくりとも動かないままだ。

「あの、やっぱり僕が」

立ち竦む准一を見ていられず、秋は彼に一言断ると、襖に向けて「入るよ」と声をかける。

そのままそろそろと開けてみると、優太は部屋の隅に膝を抱えて座り、その膝に顔を埋めていた。

「……優太くん」

秋は肩越しに一度振り返り、准一に向けて一つ頷くと、部屋に入って襖を閉める。

近付いてしゃがみ込み、髪を撫でると、

「きらい。あのひと」

優太は泣き声のような震える声で言った。

「あのひと、ぼく、きらいだ」

「そんなこと言っちゃ駄目だよ」

秋は首を振ったが、顔を上げた優太は「だって」と口を尖《とが》らせる。秋は優太の手を取ると、それを優しく揺らした。

「守宮さんも、優太くんのことを考えてくれてるんだよ。まだよくわからないかもしれないけど……」

「でもここからつれていく、って」

「それは……」

「ぼく、ここにいたいのに！　よーちえんもいまのままがいい！」

目に涙を溜め、声を上げて訴える優太は必死だ。そんな様子に、秋も黙ってしまうと、

「わたしが急ぎすぎた。すまなかった」

背後から声がした。

いつの間にか、准一も部屋に入ってきていたらしい。

反射的に優太は身体を硬くしたが、准一は続けた。

「もう少し話をさせてくれ。いきなり連れて帰るようなまねはしない」

「……」

「優太くん、本当だよ」

堪《たま》らず秋が言い添えると、

「ほんとう？」

優太が小さな声で確かめてくる。答えたのは、准一だった。

「ああ。優太は、今の幼稚園が好きなんだな」

優太の前にしゃがむと、柔らかな口調で尋ねる。優太はこくりと頷いた。

「だいすき」

「そうか。でも…今までと同じ生活はできないんだ。今はまだここにいられるけれど、いずれはわたしと一緒に住むことになる。そうなれば、幼稚園も変わるしかない」

「ぼくのいえはだめなの？」

「……そうだな。あの家は、広すぎる」

准一の言葉に、優太は不思議そうに目を瞬かせる。二人で暮らすとどうなるのかを考えているのだろう。

准一は、そんな優太を温かく見つめている。

すると、ややあって、「でも……」と、優太が口を開いた。

「でも、うんどうかいはいっしょってやくそくしたんだ。きょねんはかけっこでまけたけど、こんどはぼくがかつから」

「運動会……」

「確か、来月です」

去年の運動会の時期を思い出しながら秋が言うと、准一は考えるような顔を見せる。ほどなく、彼は優太を見つめて言った。

「なら、その運動会までは今の幼稚園に通うことにしよう。ここにお世話になって、幼稚園も今のまま変わらずにいよう。それについては、もう何も言わない。だがそれが終われば引っ越しだ」

「……」

「いいね」

優太は答えない。だが「嫌だ」と言わないのはそれを仕方がないと思っているからだろう。幼い子が辛い思いをしていることを思うと胸が痛くなる。が、准一も辛そうだ。

「優太くん、そろそろ寝ようか」

張りつめた空気を和らげるように秋が言うと、優太は「うん」と頷いて立ち上がる。

「寝かせてきますね」

秋は准一にそう言い置いて、祖母の寝室へ向かった。今日はまだ茶の間でテレビを観ている祖母だが、二人は同じ部屋で眠っているのだ。

秋が優太の分の布団を広げると、小さな身体がもぞもぞとその中に入る。横になると、側に座る秋の手をぎゅっと握ってきた。

「ぼく、やっぱりここにいられないの？」

不安そうな声だ。

秋は小さな手を握り返すと、優しく尋ねた。

「優太くんは、お兄ちゃんのことが嫌い？」

「……わかんない」

「こわい？」

「すこし」

「そっか」

「うん」

頷く優太に、秋は微笑んだ。

「でもね、守宮さんはいいお兄さんだよ。優太くんがいなくなったときも、ずっと探してくれてた」

「そうなんだ……」

「うん。凄《すご》く心配してた」

一週間ほど前のことを思い出しながら秋が話していると、いつの間にか、優太の手から力が抜ける。どうやら、眠ってしまったようだ。

秋は微笑んでその手を布団の中に入れてやると、そっと部屋を出る。

途端、何か大きなものにぶつかり、思わず「わっ」と声を上げてしまった。

どうやら、廊下に立っていた准一にぶつかったようだ。

「っと…すまない。なかなか戻ってこないから、大丈夫だろうかと……」

「あ――だ、大丈夫です。優太くん、眠っちゃいました」

言いながら、秋は抱き留められていた身体を慌てて離した。

男同士なのだし、誰かの身体にぶつかることだって友人との間では珍しくないことなのに、なんだかいつもと違う気がして、気恥ずかしい。

スーツの上着を脱ぎ、ネクタイも緩めた格好の准一は、いつも朝見る、いかにも「若き社長」然とした彼とは少し違い、どことなくセクシーだからだろうか。

（なんだかいい匂いがするし……）

わけもなくそわそわしてしまうのを誤魔化すように、

「あの、ずっとここに？」

尋ねると、准一は「いや」といくらか狼狽《ろうばい》しつつ言った。

「ずっとというわけじゃないんだが……いや――言い訳はよそう。すまない。その、立ち聞きのような真似をしてしまって」

「いえ」

「気を遣わせてしまったな。いろいろと」

「え？」

「わたしのことを、色々と良く言ってくれていただろう。だが無理に褒《ほ》めてくれなくてもいい」

「そんな！」

秋は首を振った。

「無理なんかしてません！　思ったままを言っただけです！」

訝しそうな准一に、さらに続ける。

「その…最初は強引な人だなって思いましたけど、仕事があるのにそれを後回しにして優太くんのことを探したり、優太くんがここに住むようになってからは守宮さんもここに帰ってくるようになったりして、優太くんのことを凄く考えてるのがわかるから……。確か、マンションはもっと会社に近いんですよね？」

「ああ。まあ、ここよりはな。といっても、車だから大差ない」

「でも、近ければ眠る時間も増えるし通勤も楽ですよね。なのに……」

「確かにそれはそうだが、優太とは…弟とは比べられないだろう。それは当然のことで、わたしは当然のことをしているだけだ」

「でも……」

それでもなかなかできるものではないと思うのだ。優太にとって准一が「見慣れない兄」であるように、彼にとってもそれまで会ったこともなかった弟だったのだから。

だが准一の表情はあくまで穏やかだ。本当に、心から「当然」と思っているような。

その責任感の強さに、胸が熱くなる。

それに、さっき優太を見ていた瞳はとても優しかった。

目鼻立ちが整っているからか、准一は一見冷たく見える。最初に会ったときは秋もそう感じたほどだ。嫌がっていた優太を強引に連れて行ったせいもあるだろう。

だが、今はそうは思わない。

むしろ、その男らしく精悍な貌に憧れるほどだ。

思わずじっと見つめてしまうと、

「どうした？」

不思議そうに尋ねられる。

自分で思っていたよりも凝視してしまっていたようだ。

「――なんでもないです」

秋は慌てて首を振ると、動揺を誤魔化すように、先刻途切れさせたままだった言葉を継いだ。

「でも…そ、その、守宮さんが優太くんのことを考えてるのは本当のことですし、だから、優太くんも取り敢えず納得してくれたと思います……多分」

するると、准一はふっと微笑む。

「ありがとう」と続いた声は柔らかで、その夜、秋は何度もその声を思い出さずにいられなかった。

◆　◆　◆

運動会が終わるまでは、優太を秋の家に預ける――と准一は決めたようだったが、かといって秋や祖母に丸投げにすることはなく、彼はそれからも毎日、秋の家へ帰ってきていた。

相変わらず帰宅時間が遅いため、九時には寝てしまう優太とはなかなか顔を合わせられないものの、准一はもう焦ることなく、ゆっくりと優太との距離を近付けることにしたようだった。

それに、秋が見たところ、彼はこれでも早く帰ってきているようで、その分、仕事は家に持ち帰ってやっている様子だ。

そのことに気がついてからというもの、秋はますます准一の優しさに胸を打たれたと同時に、彼の心労を少しだけでも軽くしたいという思いにかられた。

なにしろ、それまで会ったことのなかった弟と仲良くなろうとしている上、急に後を継ぐことになった会社のことで本当に大変そうだったから。

すると今日、ちょうど、ご近所からお茶をもらった。

旅行のお土産だというそのパッケージには、日本茶の産地として有名な場所の名前が記されており、いかにも高級そうで美味《おい》しそうだった。

祖母や優太、そして今日はアルバイトがなく一緒に夕ごはんを食べた仁井辺に、そのお茶を出してみると「美味《い》しい」と好評で、だから秋は今夜、また深夜まで仕事をするらしい准一のためにお茶を煎れた。

いらないと言われるかもしれない、と迷ったけれど、それでも彼に何かしたい気持ちが強くて。

「あの……守宮さん」

深夜、十一時を回った時刻。

パジャマ姿の秋は、准一が借りている部屋の前まで行くと、廊下からそっと声をかけた。手には、湯飲み茶碗の載ったお盆がある。飲んでくれるといいなと思っていると、

「どうした」

声とともに、ドアが開いた。

途端、准一は目を丸くする。

「すみません、お仕事を中断させてしまって」

秋が謝ると、准一は「いや」と首を振ったが、視線は相変わらず湯飲みに向けられたままだ。秋はおずおずと説明した。

「あの…ご、ご近所の方から美味しいお茶を頂いたんです。それで、守宮さんにもと思って。ばあちゃんやみんなは夕食の時に飲んだんですけど、守宮さんはまだ帰ってなかったので」

「……」

しかし、准一からの返事はない。

やっぱり余計なことをしたかなと思いつつ、秋が「すみません」と帰ろうとしたとき。

准一の携帯電話が鳴った。

直後、

「入ってくれ」

肩に回された手にそっと引き寄せられ、促される。

えっ？　と秋は驚いたものの、確かめようにも准一はもう電話に出ている。

仕方なく、秋は軽く頭を下げて部屋に入ると、目についたちゃぶ台にお盆を置く。

そのまま床に座って電話を聞いていると、准一は相手と英語で話しているようだ。

（格好いいな……）

秋はそう思わずにいられなかった。

秋も英語は得意な方だが、喋《しゃべ》るのは全然だ。だからこうして流暢《りゅうちょう》に話をしている（のだろう）准一の様子を見ていると、素直にそう思う。

するとほどなく、彼は電話を切り、秋の向かいに座った。

「わざわざわたしのために持ってきてくれたのか？　もう遅い時間なのにありがとう」

そして「いい香りだ」と目を細めると、湯飲みを取り、一口飲む。

「うん、美味しい」

微笑んで頷く准一に、秋はほっと胸を撫で下ろした。

「よかったです。それに、気にしないで下さい。僕もさっきまで宿題をやっていたので」

そして笑うと、微かに身を乗り出すようにして続けた。

「それより、さっき話してた相手の人って外国の人なんですか？」

「ん？　ああ。モリミヤは海外との取引もあるからな」

「凄いですね。あんなに話せるなんて」

「それほどじゃない。仕事のことだからなんとか会話になっているだけだ。きみは英語は？」

「苦手じゃないですけど…でも喋ったりするのは苦手です。緊張しちゃうっていうか、なんだか恥ずかしくて」

「そうか。でもできれば得意になっていた方がいい。将来の選択肢が増える」

「……ですよね」

大人の落ち着きと優しさに満ちた准一に口調につられるように、秋は自然と頷いていた。

それに、彼のあの様子を見ていると、自分もあんな風に話したいという憧れが高まる。

それにしても、こんな夜に外国から電話がかかってくるなんて。

「お仕事、大変なんですね」

思い出して秋が言うと、准一は苦笑した。

「色々と教わってはいるが、まだまだだな。公務員とは違うことも多いし」

「でも、守宮さんなら大丈夫ですよ」

「だといいが」

「何か、気になることがあるんですか?」

歯切れの悪さが気になって尋ねると、准一はまた一口お茶を飲み、言葉を選ぶようにして言った。

「大きな会社になれば、色々な人間の色々な思惑があるらしい――ということだ。まあ、それも想像はしていたことだし、それも含めてなんとかしたいと思っているが……」

「……」

とても疲れているように見えるその表情は、仕事の忙しさを話すときとはまた少し違う苦悩が感じられるようだ。今彼が直面している事態の難しさを伝えてくる。

(色々な人間の色々な思惑……か……)

高校生の秋は、大人の社会の問題は想像することしかできないが、准一の様子を見ていると簡単には解決できない問題のようだ。

元気付けたいけれど、まだ働いたこともない自分では何を言っても役に立たなさそうで、秋は口を噤《つぐ》んでしまう。すると、重くなりかけた空気を破るように、准一の声がした。

「ところで、優太は最近はどうだ。迷惑をかけてないか」

「迷惑なんて。僕、弟が欲しかったから一緒にいられて嬉しいです。幼稚園でも楽しく過ごしてるみたいですよ」

その声に、秋も明るく声を返す。すると、准一はほっとしたように頷いた。

「そうか。そう言ってもらえると少し気が楽になる。だが、何かあればすぐに言ってくれ」

「はい」

しかし秋も頷くと、再びそこで会話が途切れる。

頭ではもう部屋から出て行った方がいいのだろうとわかるが、もう少し准一と話してみたい気持ちもあって、迷って動けずにいると、

「きみは、ここにおばあさまとずっと？」

思いがけず、また准一の方から声をかけてくれる。

ほっとしながら、秋は自分の境遇を語った。

「ここに来たのは、一年ぐらい前です。子供のころに母が死んで以来、ずっと父と二人暮らしだったんですけど、父の海外赴任が決まってしまって、それでここに」

「なるほど」

「っていっても、子供のころから何度も来てたんですけどね。このへんって、結構自然があるじゃないですか。だから色々面白くて…来たときは必ず写真撮ってたりしました」

「写真……」

「はい。日記代わりって言うか。父が写真が好きだったので、その影響で」

思い出しながら秋が言うと、准一が意外なことを言ってきた。

「写真か……。そういうのもいいかもしれないな。どんなものを撮ったんだ？　良ければ見せてもらえるか？」

「え？」

思いがけない言葉に、秋は目を瞬かせる。すると、准一はふっと微笑んだ。

「わたしも少し趣味を持ちたいと思っていたところだ。今まではそんなこと考えたこともなかったんだが……。ここに来るようになって、職場と家とを往復するだけの生活じゃなくなったからかもしれない。今は時間がないが、いずれ何かやりたいと思っていたんだ。写真なら、一人でもできるからいいんじゃないかと思ったんだが――だめだろうか」

「い、いえ」

秋は首を振った。

「そ、そういう趣味はいいと思います。写真、楽しいですし。でもその……僕が撮ったのは下手ですし……守宮さんに見せるほどのものじゃ……」

恥ずかしさに、頬が熱くなる。

しかし、准一はじっと見つめてくるままだ。

「じゃ、じゃあちょっと待ってて下さいね」

仕方なく、秋は耳まで熱くなり始めたのを感じながら腰を上げると、自分の部屋へ行き、本棚に立ててあるアルバムの一つを取った。

准一のところに戻り、そろそろと手渡すと、彼はゆっくりと眺め始める。

頁を捲《めく》る音が聞こえるたび、秋は顔が燃えるような気がした。

今まで誰にも見せたことなどなかったのに、どうして彼には見せているんだろう。笑われるかもしれない。

やはり見せるべきじゃなかったんじゃないだろうか？

ぐるぐる考えていると、

「これはいつ撮ったものなんだ？　この景色はここから少し先の辺りだろう？　あの、茶色い煉瓦《れんが》のような外壁のマンションのある……。だとしたら最近じゃないな」

「は、はい。十年…まではいってませんけど、結構昔です。場所も守宮さんが言ったところです。昔、あそこって小さな森みたいになってたんです」

「なるほど。この辺りは緑が多いと思っていたが、昔はもっとだったんだな。ああ――このへんの写真はまだフィルムだな」

「はい。デジカメじゃありません。父のお下がりのカメラをもらって撮ってたころです。あのころは、まだフィルムも売ってたので」

「そうだな。今はもうすっかりデジカメばかりだが……」

と、頁を捲っていた准一の手が止まる。

覗き込むと、そこには優太たちが写った写真があった。

今よりも少し幼く、半ズボンを履いて手を泥だらけにしている優太と、サマードレスを着て彼と遊びながら笑う彼の母、そして仕事から帰ったばかりとおぼしき父とが写っている。

「ええと…これ、優太くんのお宅にお邪魔したときのものです」

写真を見つめたまま動かない准一に、傍らから、そっと秋が説明する。

「幸せそうだな」

すると、ぽつりと准一の声がした。

「写真を見ているだけでそれが伝わってくる。優太も楽しそうだ。こんな家族だったなら、わたしは彼にとってさぞ嫌な男だろう。いきなりやって来たかと思えば兄だと名乗って家から連れ出して……」

「そんなことないです！　それに、今からでも家族になればいいじゃないですか！」

沈みかけた准一の声に重ねるように、秋は言う。

確かに、この写真を撮ったときの優太の家族は幸せそうだった。

広く、明るく、庭には緑の芝生と花が溢《あふ》れた家。仕事が忙しくあまり家には帰っていなかった様子だが、どっしりとした落ち着きのある父親に、若く綺麗な母親、やんちゃだが元気な優太。見かけるたびに、いい家族だなと思ったものだ。

だから急な事故で優太が両親を亡くしたときはとても気になっていた。ただの知り合いでしかないから、立ち入ったことは訊けなかったし何もできなかったけれど、彼はどうなるのだろうと気になっていた。

その後、准一が突然現れ、優太を連れて行ったときには驚いたけれど……彼の人となりや優太への兄らしい愛情を少しずつ知るようになってからは、早く二人が仲のいい兄弟になれればいいと思っている。

しかし、そう熱っぽく言った数秒後。

秋は准一が驚いているような表情を見せていることに気付き、はっと息を呑んだ。

「す、すみません、生意気なこと」

他人の自分が余計なことを言ってしまった、と慌てて謝ると、准一はそんな秋に首を振って苦笑した。

「いや、その通りだな。そのためにきみやおばあさまにも協力してもらっているんだし……。それより、きみはこうして撮って自分で見ているだけなのか？　何か賞に出したりは？」

「え――そ、そんな。賞なんて……」

「でもよく撮れているじゃないか。この桜の写真なんて綺麗なものだ。わたしは好きだが」

ストレートな言葉で褒められて、一旦は治まっていたはずの頬の熱がぶり返してくる。

それに、実は賞に出すことも考えたことがあるのだ。

趣味でやっていることだから…と思いつつも、写真を撮るのは好きだから、他の人にも見てもらいたくて。

だが、それは誰にも言ったことがなかったことだ。言っても笑われると思って。

けれど今は――准一には素直に言いたいと思った。

秋は居ずまいを正すと、はにかみながら言った。

「実は…その…何かの賞に出してみることもちょっとだけ考えてます。試しに出してみようかな、なんて。他の人にも――いろんな人にも見てもらえたらな、って思うこともあるので」

「そうか。いいじゃないか。頑張《がんば》れ」

すると准一は、励ましてくれるかのように笑顔で言う。

「はい」と笑顔を返しながら、秋は思い切ってお茶を持ってきて良かったと感じていた。

しかし、そんな風に穏やかに流れていた日々に、突然大きな変化が訪れた。

優太を預かって二週間ほど経った日曜日。なんと、それまで風邪一つ引かず元気だった祖母が、急に具合を悪くしてしまったのだ。優太と祖母を家に残して、秋がちょっと買い物に出ていたときのことだった。

◆
◆
◆

（ばあちゃん……）

救急車に同乗し、やって来た病院の廊下。

治療や検査をしている祖母と別れ、医者の説明を待つ間、秋は不安で堪らなかった。

優太から電話を受けて慌てて買い物から引き返したときのことを、祖母が茶の間で苦しそうに蹲《うずくま》っていたのを見たときのことを、そしてその傍らで泣きそうな顔で狼狽《うろた》えていた優太のことを思い出すと、今でも背中が冷たくなる気がする。

急いで救急車を呼び、真っ青になっている優太を慰めながらここへ来たが、何かあったらこれからどうすればいいのか。

「あき……。おばあちゃん、だいじょうぶかな……」

隣に座った優太が不安そうに尋ねてくるけれど、秋も答えようがなかった。

突然のことで、何も考えることができないのだ。ただただ不安で、じっと座っているだけで精一杯だ。

すると、優太は秋のそんな不安を感じ取ったのだろう、黙り込み、俯いてしまう。

しょぼんとしている優太に、秋は自分を奮い立たせるように胸の中で呟く。

(だめだ…僕が不安になってちゃ……)

まだ幼い優太の方が、何倍も不安なはずだ。それに、彼は祖母が具合を悪くしたその場に一人で居合わせてしまったのだ。

それを思い出し、秋は優太の手をぎゅっと握ると、

「大丈夫だよ」

なるべく明るく、笑顔で言った。

「大丈夫だよ。ちょっと具合が悪くなっただけだから」

「……」

優しく言うと、優太はまだ不安そうな顔をしながらも「うん……」と頷く。

そのとき、

「百山さん――」

名前が呼ばれる。

「行こう」

秋は椅子から立ち上がると、優太の手を取って診察室に入る。

「祖母は大丈夫ですか？」

開口一番、そう尋ねた。

息を詰めて医者を見つめると、よほど秋が切羽詰まった顔をしていたのだろう。

父親よりも少し年上ぐらいの眼鏡をかけた医者は「大丈夫ですよ」とまず一言優しく言うと、「すぐにどうということはありません」と柔らかく続けた。

「……そうですか……」

秋の全身から、ふっと力が抜ける。

自分でも気付かないうちに、身体中が緊張していたようだ。

「あき……」

傍らからの声にはっと気付いて見ると、優太が顔を顰めている。

「ご、ごめん。痛かったね」

慌てて、秋は握り締めていた優太の手を離すと、彼を椅子に座らせる。

「でもばあちゃん、大丈夫だからね」

そして、優太を励ますように見つめると、さっきよりもしっかりとした声でそう説明した。

改めて手を握ると、安心させるように頷く。すると、優太の顔はいくらかほっとしたように和らぐ。

二人の様子に微笑むと、医者は続けた。

「ただ、心臓がちょっと……やっぱりお年がお年ですからね。ちょっと休まれた方がいいでしょう。このまま少し休んでもう少し詳しく検査をして……何事もなければ退院ということになります。ですので、何日か入院していただくことになりますね」

「わかりました」

「では、入院についての詳しい説明を受けて手続きをして下さい。検査についてもご説明致しますので」

「はい。あの、祖母には会えますか？」

「ええ、大丈夫です」

「ありがとうございました」

穏やかに話してくれる医者に心底感謝しながら頷き、お礼を言うと、秋は「こちらへ」と案内してくれる看護師に促されるまま、優太とともに診察室を出る。

そして三十分ほどかけて入院の手続きを終え、祖母の病室へ行こうとしたところで、携帯電話に着信があったことに気付く。かけ直すと、仁井辺が出た。

『もしもし？　秋くん？』

「はい」

『今どこ？　まだ病院？　メール読んだけど、大丈夫？』

どうやら、待っている間に送ったメールを読んだようだ。

秋が手短に現状を——命に別状はないものの、祖母は入院することを話すと、仁井辺は「そっか……」と大きく息をつきながら言った。

『大変だけど、大事なかったならなによりだよ』

「はい…よかったです」

『うん。あ——優太くんも一緒なんだよね』

「はい。これから一度ばあちゃんに会って、顔を見てから帰ろうと思ってます」

『うん。わかった。でもごめん、俺、これからバイトなんだよ。境も今日は遅くなるみたいなんだ。本当なら二人に付いていていたいんだけど……』

「大丈夫です。それより心配かけてすみませんでした」

『謝ったりしなくていいよ。俺も境も、ばあちゃんにはいつも世話になってるし、本当のばあちゃんみたいに思ってるんだからさ』

温かな言葉に、じんとする。仁井辺は続けた。

『じゃあ、そろそろ行くけど何かあったら遠慮しないで連絡してくれよ。買い物とか、なんでも』

「はい。ありがとうございます」

『うん。じゃあ』

電話を切ると、秋はまた一つふうっと息をつき、優太の手を握った。

突然の祖母の入院で、不安がないといえば嘘だ。命に別状はない、と医者は言ってくれたけれど、いつも家にいるのが当たり前になっていた祖母が、今は病院に…と思うと不安で不安で堪らない。

だがそんなときだからこそ、周囲の人たちからの温かな言葉が心に染みる。

それに、日曜日だったのは幸いだった。休みで、祖母に優太を見てもらっている間ちょっと買い物に出たときだったから、優太から電話をもらったときにすぐに帰ってこられたのだ。

これが平日で学校に行っていた時間ならどうなっていたのかわからないし、不幸中の幸いだったと思わなければ。

秋は自分を励ますように胸の中でそう繰り返すと、

「ばあちゃんのところに、行こうか」

優太に声をかけると、手を引いて祖母が入院している部屋へ向かう。

「おばあちゃん、だいじょうぶ?」

不安なのだろう。

エレベーターのところまで歩いている途中、優太は秋を見上げて再び尋ねてくる。秋は足を止めると、なるべく明るく微笑んで「うん」と頷いた。

「大丈夫だよ。ちょっと疲れただけだから」

「ほんとう？」

「うん」

「ほんとう？　ママたちみたいにもうあえなくなっちゃったりしない？」

目に涙を浮かべて言う優太に、秋は一瞬息が止まる。次の瞬間、秋は思わず優太を抱き締めていた。

准一から聞いた話によれば、両親の死について、優太は「もう会えないところに行ってしまった」と理解しているらしい。まだ幼く「死」がきちんと理解できない子供に「死」を説明するために、彼に近しい誰かが、そう言ったのだろう。

両親を亡くしてまだ日が浅い彼なのに、また悲しい思いをさせてしまった。そのことに秋は顔を顰めると、

「大丈夫だよ。大丈夫。会えるよ。今から会いに行くんだから」

抱き締め、背中を撫でてやりながら言う。すると、優太はぎゅっと抱きついてくる。

やがて、そっと身体を離すと、彼は「うん」と頷いた。

病室へ行くと、二人部屋の手前のベッドに、祖母が横になっているのが見える。

「ばあちゃん」

近付くと、祖母はほっとしたように笑って身体を起こした。

「秋…優太くん」

「ばあちゃん、いいよ、横になってなよ」

「大丈夫だよ。ごめんね、心配かけて」

「おばあちゃん、びょうき?」

上体を起こした祖母に、優太が尋ねる。祖母が苦笑した。

「うん……ちょっとだけね。疲れたからちょっとだけお休み」

「いなくなったり、しない?　かえってくる?」

「帰りますよ。帰ってまた優太くんと遊ぶのが楽しみだからねえ」

「ほんとう?」

「本当。少し家を空けるけど、秋と仲良くね」

「うん!　ぼくなかよくする」

「ありがとう」

祖母は微笑むと、「秋、よろしくね」と秋にも念を押すように言う。秋は「うん」と深く頷いた。

帰ってからのことを考えると不安になるけれど、ここで弱気になれない。

その後、秋は病院の売店で買い物をして入院に必要な最低限のものを揃えると、「明日また来るね」と言い残して病室をあとにした。

考えることもやることも多そうだが、しっかりしなければ。ひとまずは今日の夕食からだ。

秋は優太の手を握って歩きながら、努めて明るく声をかけた。

「さー――帰ったらごはん作らないとね。何にしようか。食べたいもの、ある?」

「たべたいもの……」

「うん。優太くんの好きなもの作るよ」

「うーん……じゃあ、やきそば!」

「焼きそばかぁ……」

「うん!　たまごののったやきそば!　それからね、ぷりん!」

「いいよ。じゃあプリンは帰りに買って……」

すっかり元気を取り戻したような優太の声に、秋も嬉しくなったときだった。

「百山くん!　優太!」

どこからか、聞き覚えのある声で名前を呼ばれる。

びっくりして首を巡らせると、スーツ姿の准一がこちらへ向かってくるのが見えた。

「守宮さん!」

驚きに、秋は目を丸くした。

どうして彼がここに？

しかも彼は、いかにも急いでここへやって来た様子だ。

戸惑い、立ちつくしていると、

「おばあさまは大丈夫か？」

すぐ近くまでやって来た准一に、顔を覗《のぞ》き込まれた。

その貌は真摯で、彼が心から心配してくれていると伝わってくる。

「は、はい」

秋はその瞳に圧倒されるかのように頷いた。

「大丈夫です。ただ、検査で何日か入院するみたいで…さっきまで病室で会ってました」

「そうか……。すまない。本当ならきみからメールをもらってすぐに来たかったんだが、なかなか時間が空かなかった」

「い、いえ。そんな。わざわざすみません。っていうか、今日は仕事だったんじゃないんですか？」

ひょっとしてわざわざ仕事を抜けて来てくれたんだろうか？

気になって尋ねた秋に、准一は、「そんなこと、きみは気にしなくていい」と、神妙な顔で首を振る。

「……大変だったな」

そして優しく言われ、じっと見つめられると、張りつめていた気持ちがふっと緩む。

「あ……」

気付けば、目に涙が滲《にじ》む。

優太がいるのに泣くことはできない、と慌てて目元を擦ったが、准一には気付かれてしまったようだ。

慰めてくれるように――元気付けてくれるようにそっと肩を撫でられたかと思うと、そのまま胸で受け止めてくれるかのように引き寄せられる。その温かさに胸が熱くなった。

「ありがとう…ございます」

辛うじて涙を零《こぼ》すことは我慢してそう言うと、「わたしは何もしていない」と苦笑しているような准一の声がする。

秋は顔を上げると、首を振った。

来てくれただけで――忙しいのに来てくれただけで充分嬉しい。

その気持ちを込めて見つめると、准一は微笑み、「家まで送ろう」と二人を病院の外に促す。

三人でタクシーに乗り、家の前まで戻ると、助手席に乗っていた准一が降りながら言った。

「わたしはこのまま一度社に戻るが、なるべく早く帰ってくる。それまでは二人になってしまうが……」

「大丈夫です。二人で買い物に行って…今日は少し早くモンの散歩に行ってもいいかも。

それから、いつもみたいにごはんを作ってますから」

「わかった」

「今日は、焼きそばにする予定なんです。せっかくだからプリンも作ろうかな。優太くんのリクエストで」

「焼きそばか。焼きそばはわたしも好きだ。だが無理はするな。こういうときは頼ってくれ。普段きみに色々と迷惑をかけている分も、わたしにできる限りのことをしたい」

「はい……」

頼もしい声でそう言ってくれるだけで、安心感が胸に満ちる。

それに、今から会社に戻るということは、やはり仕事を抜けて来てくれたのだ。

弟である優太のためならともかく、祖母のために。そしてもしかしたら、自分を励ましてくれるために。

(守宮さん……優しいな……)

噛み締めるようにして胸の中で呟くと、秋は再びタクシーに乗り込んだ准一を見送り、優太とともに家に入る。

二人でモンの散歩に行き、買い物に行き、そしてプリンを作り冷蔵庫で冷やしていると、准一が帰ってきた。

「――お帰りなさい」

玄関で迎えると、准一は驚いた顔を見せて絶句する。

「？　どうしたんですか？」

いつにない彼の様子に不思議に思って秋が尋ねると、准一ははっと我に返ったように目を瞬かせ、苦笑した。

「いや、まさか出迎えがあるとは思ってなかった。それに…その――エプロンが」

「え」

慌てて、秋は自分のエプロンに触れる。

料理中だったからそのまま出てきてしまったが、何か変だっただろうか？

（で、でもエプロンなら朝も見てるよね……。何か変なものがくっついてるとか？）

不安になってぱたぱたしていると、

「いや、違う」

准一の、とどめるような声がした。

「それが変というわけじゃない。ただびっくりしたというか」

「で、でも朝も見てるじゃないですか」

「ああ。それはそうなんだが……」

思い出したように靴を脱ぎながら、准一は言う。

「いいものだな、と改めて思っていたんだ。男のきみに言うのは変かもしれないが、似合っているというか……。いいな、と」

「！」

彼にしてはぼそぼそとした小さな声だったけれど、すぐ側にいた秋にはしっかり聞き取れた。

改めてそんな風に言われたせいだろうか？　なんだか頬が熱くなる。

出迎えなんて初めてしたからか、秋もなんとなく気恥ずかしかったけれど、准一が帰ってきてくれると素直に嬉しい。

「え、えっと、すぐに焼きそば作りますから」

「ああ、ありがとう。何か手伝えることは……」

「大丈夫です。あ…でももし忙しくなければ優太くんと遊んでいてもらっていいですか？」

「優太と？」

「はい」

秋は頷いた。自分のことよりも優太のことが心配だった。

「ここに来てから、今までは僕か祖母のどちらかが必ず一緒にいたんです。なので……」

「わかった。今どこにいるんだ？」

「奥の和室だと思います。いつもブロック遊びはあの部屋でやっているんです」

「奥の部屋か……。遊ばせるのはこっちの…この茶の間じゃだめか」

尋ねられ、秋は少し考えたものの「いえ」と首を振った。

「ここでもいいですよ。ブロックで遊ぶときは広い場所の方がいいので奥の和室を使ってますけど、優太くんさえ良ければ」

「じゃあ、ここで遊ばせよう。わたしと優太が奥の部屋に行ってしまうと、きみが一人で台所にいることになる。それは寂しいだろう」

准一は言うと、驚く秋に微笑み、ネクタイを緩める。

そして優太の名前を呼びながら奥の和室へ向かう背中を、秋はいつまでも見つめていた。

◆

「おいしいー！」

三人揃って「いただきます」をするが早いか、優太は箸を取ると、夢中で焼きそばを頬張り、弾んだ声を上げた。

表情は、満面の笑みだ。余程美味しいのだろう。

優太のその笑顔をなにより嬉しく感じながら、「おかわりもあるからね」と秋が言うと、

「うん！」

と、すぐに返事が返る。

それに笑いながら、秋も一口食べた。

今日は色々なことがあったけれど、こうしてごはんを食べると少しだけ落ち着くようだ。祖母がいないことは悲しいが、「きっとすぐに帰ってくるから大丈夫」と自分に言い聞かせる。

ちらりと准一に目を向けた。

焼きそばだから、そうそう失敗はないと思うけれど、准一の口には合っただろうか？

すると、そんな不安になる秋の視線の先で、准一は「美味《うま》い」と微笑んだ。

その表情に、ほっとする。

「そうですか？　良かった。少し味が薄かったかなと思ってたんです」

「いや、ちょうどいい。卵が美味しいな。それに野菜もたっぷりだ」

「気に入ってもらえて良かったです。でも、守宮さんと焼きそばって意外な組み合わせかも」

「そうか？　好きだぞ、けっこう」

「なんとなくイメージじゃなくて」

「学生時代はよく食べていた。といっても、当時はこれだけじゃなくて、これをおかずにしてごはんを食べていたがな」

「やきそばごはん？」

優太が尋ねる。准一が「ああ」と頷いた。

「昔はそんなものばかりだったよ。家を出てからはお金がなくて…アルバイトばかりだったし」

思い出すように言う准一は、今までよりも身近に感じられる。

こうして三人で食べていると、祖母が家にいない不安や寂しさも少しの間考えずにすむような気がする。

（守宮さんが早く帰ってきてくれて良かった……）

秋が准一の気遣いに感謝していると、

「おかわり！」

口の周りにソースを付けた優太が、空になったお皿を差し出して言う。

「ちょっと待っててね」

その皿を受け取り、おかわりを載せて戻ってくると、

「そうだ。一つ話しておかなければと思っていたんだ」

准一が、思い出したように言った。

「なんですか？」

尋ねる秋に、彼は一つ頷いて続ける。

「これから数日は、少し早く帰ろうと思ってる。わたしの分の夕食も頼めるだろうか」

「え……は、はい。でも……」

夕食は構わない。けれどそんなことをして、准一の仕事は大丈夫なのだろうか？

視線で尋ねると、准一は微笑んで頷いた。

「大丈夫だ。きみは気にするな。それにこれは優太のためでもある。下宿してる二人がいるとはいえ、彼らもアルバイトが忙しいようだし、人がいた方がいいだろう」

「……」

「おばあさまが、早く戻ってくるといいな」

「……はい」

温かな気持ちに目の奥が熱くなるのを感じながら、秋は深く頷いた。

◆

翌日も、その翌日も准一は彼が言ったとおりいつもより早く帰ってくれた。

しかも昨日はまだ夕方に帰ってきてくれたおかげで、三人で祖母の見舞いに行くことができた。

下宿している境と仁井辺も心配してくれているのか、祖母のところに顔を出してくれたようだ。見舞いに行ったときに祖母から、その話を聞き、秋は周りの優しさを感じずにはいられなかった。

クラスメイトたちもそうだ。

入院の翌日、祖母のところに着替えを持って行くため早めに帰りたいと申し出ると、友人たちは快く掃除当番を代わってくれた。

（いつか、みんなにもお礼をしないと……）

宿題をしながら、秋はクラスメイトの顔を思い浮かべる。

そのとき、部屋のドアがノックされた。

「はい」

開けてみると、そこにいたのは准一だ。

「なんとか優太を寝かせられた」

彼は言うと、どこかほっとしたような笑顔を見せる。

今までは、秋か祖母が優太を寝かしつけていたのだが、今日は准一が「わたしがやろう」と言い出したのだ。

『わたしがやれば、その間、きみは少し時間ができるだろう？　食事の用意も片付けもしてくれたし、少し休むといい。わたしも、優太ともっと仲良くなれる機会だと思って頑張るから』――そう言って。

最初に比べれば仲良くなった二人とはいえ、二人きりにさせて大丈夫かな、と秋は少し不安だったけれど、どうやら杞憂《きゆう》だったらしい。

「そうですか。良かったです」

秋が言うと准一も「ああ」と笑った。

子供は苦手だ、と言っていた彼だが、やはり優太は特別なのだろう。

優太も、今は以前ほど警戒せず准一と接しているようだ。

年が離れすぎているせいか、それともまだ馴染めていないのか「弟として兄に甘える」という様子ではないが、食事のときも遊んでいるときも緊張せず話をしているように見える。

良かった、と思っていると、

「宿題か?」

部屋を覗き込みながら、准一が尋ねてくる。

「はい」

秋が頷くと、

「わからないところはないか。勉強の方は大丈夫か?」

准一は重ねて尋ねてくる。

「もし何かあれば、教えるが」

さらにそう言われ、秋は少し迷ったものの、「ちょっとだけ、見てもらえますか?」と頼んでみた。もう少し一緒にいたかったのだ。

すると准一は快く「もちろん」と頷く。

部屋に入って来ると、彼は秋が勉強机の上に開いていたテキストを覗き込んだ。

「英語だな。どの辺りがわからないんだ？」

「えっと…この最後の方の訳が……」

椅子に座った秋が説明すると、准一はしばらくテキストを眺め、英文の一箇所を指す。

節の高い、男らしい長い指だ。

思わず比べるようにちらりと自分の指に目をやった秋の耳に、准一の説明が流れ込む。

「この段落は、全体のまとめになってるみたいだな。だから一見、長くてややこしく見えるが、ここで分けて考えればいい。ここからここまでの後半は、前半の内容について説明してるのはわかるか？」

「は、はい」

「訳すとしたら〝彼らが長い年月をかけて調査したデータの信頼性がようやく認められ〟──という感じか」

テキストに指を滑らせながら丁寧に説明してくれる声は、低く、でも聞き取りやすく柔らかで、大人の男の美声そのものだ。

今まで何度も聞いていたはずの声なのに、こんなに近くで聞くのは初めてだからか、なんだか今までになくドキドキしてしまう。

それに、いい香りだ。

朝の彼とは違い、ネクタイはなくシャツのボタンも一つ外されている。その首元からふっと薫ってくる、大人の香り。

爽やかで甘いその香りに包まれていると、知らず知らずのうちに勉強から気持ちが離れてしまいそうになる。慌てて、秋は意識を引き戻した。

せっかく准一が教えてくれているのだ。聞いていなければ。

だがその途端、

「それから、この前半のItは、前の文の"development project"を指してる。だから――」

「！」

思っていたよりも顔が近付いていることに気付き、心臓が跳ねた。

気にしないようにしなければと思っているのに、そう思えば思うほどなんだか変に意識してしまって、どうしても気になってしまう。

みるみる熱くなる耳が恥ずかしくて、ぎゅっと縮こまってしまうと、

「どうした？　わかりづらかったか？」

不安そうに、准一が訊いてくる。秋は慌てて首を振った。

「だ、大丈夫です」

「そうか？　一応、学生時代は家庭教師をしていたこともあるんだが、もう何年も前だか

らな」

「わかりやすいです。凄く……」

「ならいいんだが……」

そう言いながら准一がテキストを覗き込んでいた顔を上げる。そのとき、彼の肩が秋の肩にトンと触れた。

「！」

その瞬間、自分でも思っていなかったので、びくりと身体が跳ね、秋ははっと息を呑んだ。准一も驚いた顔を見せている。

「す――すみません」

秋は頬が熱くなるのを感じながら、小さくなって謝った。

これではまるで、准一に触れられるのが嫌で避けたかのようだ。そうじゃない、と説明したいけれど、「だったらどうして」と尋ねられても上手く答えられない上に、気まずさに声も出ない。

ただ後悔だけが胸の中に渦巻いている。勉強を教えてもらっておきながら、こんな態度を取ってしまうなんて。

（最悪だ……）

ぎゅっと身体を竦めると、秋は嫌われただろうかと、そっと様子を窺う。

だが准一は、怒った表情ではなかった。特に何か言うこともなく――怒ることも不機嫌になることもなく、苦笑すると、

「あまり無理しないようにな」

そう言って、秋の肩をぽんと叩いて部屋を出て行く。

「はい……」

秋はそう返すだけで精一杯だった。

◆

そんな風に、自分でも思いがけない反応をしてしまったせいだろうか。

その夜は、宿題を終え、風呂に入り、布団に入ってからも、頭の中は准一のことでいっぱいになったままだった。

出会ったときのこと、再会したときのこと、優太といるときの彼、病院に来てくれた彼、エプロン姿に驚いていた彼、美味しそうに焼きそばを食べてくれた姿……。

彼の声、彼の話し方、彼の手、スーツ姿。彼の香り。

今までそんなことはなかったのに、次から次へと色々と思い出して眠れない。

「ふう……」

秋は溜息をつくと、身じろぐように寝返りを打った。

さっきからもう何度目だろう?

疲れているはずなのに、まったく眠くならない。

(明日も学校があるのに……)

再び寝返りを打ったときだった。

暗闇に慣れてしまった目に、部屋の机が映る。なんのことはない机。けれど数時間前、そこには准一がいた。

長い指。低くよく響く声。香りだけでなく、体温さえ感じられるほど近くに――。

「っ」

その途端、不意に身体の奥で熱がうねり、秋は息を呑んだ。

初めて――ではない。覚えのあるぞくぞくとした感覚だ。とはいえ、どうして准一のことを考えたときにこんな風になってしまうのか。

今までは、女の子のふとした仕草に刺激されたときに起こっていた反応が――どうして。

それに、どちらかといえば秋は淡泊な方だったはずだ。性的なことに興味がないわけではなかったけれど、クラスの一部の男の子たちのように、グラビアを見て騒いだり、そういう類の雑誌や映像をなんとかして入手しようとまでは思ったことがなかった。

それなのに。

今は准一のことを考えるだけで、自分でも戸惑うほど、身体の中心が熱くなっている。

「……」

秋は息を詰めると、そろそろと自身の性器に手を伸ばした。

(何…やってるんだろ……僕……)

頭の中では自分に対する疑問の声が渦巻き混乱しているのに、手は止まらない。止められない。

しっとりと汗ばんだ手はゆっくりとパジャマの上を這い、やがて布越しに性器に触れる。

「――っ」

瞬間、びくりと身体が跳ねた。

そこは既にいつもとは違う硬さを宿していて、秋はますます混乱した。

そんなことあるわけがないのに、男の准一のことを考えてそんな風になるはずはないのに、身体は変化を示している。

しかも触れて確かめたせいか、性器は一つ息をするたびにますます硬さを増すようだ。

それに連れ、秋の中にある熱も熱さと大きさを増していく。

(だめ…だよ……っ)

罪悪感に、どうすればいいのかわからなくなる。混乱して困惑して、頭がくらくらするようだ。なのにそんなときでさえ身体は熱く、心臓の音はますます速く大きい。

秋はごくりと息を呑むと、その熱に促されるかのように、性器に触れている手を動かし始めた。

布越しに掴み、さするようにして扱《しご》くと、覚えのある快感がじわじわと広がっていく。

少し手の動きを速くすると、背筋に甘い痺《しび》れが走った。

「っは……っ」

零れた息が、しっとりと湿って頬を撫でる。

心臓の音が、ますます速くなる。息も浅くなって、腰の奥が熱い。

「っ……っ」

布越しの愛撫《あいぶ》がもどかしく、秋は堪らずパジャマと下着の中に手を潜《もぐ》り込ませた。

直接性器に触れると、快感は一層だ。

ダメだと思うのに、手が止められない。

「ん…っ……」

白く霞《かすみ》がかかり始めた脳裏を、准一の姿が幾度も過《よぎ》る。

彼の眼差し。横顔。ぶつかったときの温もり。逞《たくま》しさ。今まで見聞きして触れた彼のあれこれが次々頭の中を過っては、そのたび体奥を熱くさせる。

いったいどこから湧いてくるのかわからないうねるような劣情に翻弄されるまま、秋は自らの性器を掴み、扱き、指を蠢《うごめ》かす。

「ん……っ……っん……っ」

頭の芯が、ぎゅっと絞られる気がする。

零れる息が熱い。濡れた指で扱くたび、性器はますます硬く張りつめ、びくびくと腰が震える。

准一の胸の中に包まれるかのように引き寄せられた病院でのことを思い出し、彼の手の感触が生々しく蘇《よみがえ》ってきたその瞬間、

「っあ……ぁ……っ」

ひときわ掠《かす》れた声が口を衝《つ》いたと同時に、手の中に温かなものが溢れる。

「は……っ……」

自慰の名残がまだ色濃く残る荒い息の中、秋は自分がしてしまったことに大きな戸惑いを感じながら、呆然と手の中の濡れた感触を感じていた。

◆

そんなことをしてしまったためだろう。

翌日から、秋は准一の顔をまともに見られなくなってしまった。

今までのようにしなければと思っていても、恥ずかしさと申し訳なさで、どうしても避

けてしまうのだ。だめだと思っていても、普通に見られない。

男の人にどきどきしてしまうなんて。あんなことをしてしまうなんて。

自分はいったい、どうしてしまったんだろう？

（だって変だよ……。僕も守宮さんも男なのに…守宮さんのこと考えてあんなことしちゃうなんて）

学校の昼休み。友人たちと一緒に昼ご飯を食べていても、気付けばあの夜のことを考えてしまう。

考えても悩むだけだとわかっているのに、考えることがやめられないのだ。

「どうした？」

すると、そんな秋を気にしたのだろう。

隣に座っている斉藤が、パンを食べる手を止め、気遣うように尋ねてきた。

「え……」

戸惑う秋に、斉藤は続ける。

「なんか、ぼーっとしてたじゃん。ばあちゃんの調子、悪いとか？」

「う、ううん。大丈夫」

「ならいいけど。退院はいつごろだって？」

「検査の結果が出てからだから、もう少しかかると思う。すぐ結果の出ない検査もあるみたいで」

「そっか。でも大変だろ、あの家に一人だと」

「うーん……。少し寂しいけど、でもみんな色々協力してくれるから。境さんも仁井辺さんも優太くんも…優太くんのお兄さんも」

准一の名前を出すのは恥ずかしく、誤魔化すようにそう言う。

だが斉藤は、それでいくらかほっとしたようだ。「そっか」と安堵《あんど》したように頷く。

すると斉藤に続くようにして、向かいに座っていた中井《なかい》が言った。

「俺らもなんでも協力するから、何か手伝って欲しいことがあったら言えよ？　また掃除当番代わるぐらいならお安いご用だし、もしお見舞いに行くせいで早退するときは、俺が授業のノート取っておくしさ」

「お前のノートで役に立つのかよ」

その言葉に、秋の左隣にいた山口《やまぐち》が笑いながらすかさずつっこみを入れる。

誰からともなく笑い声が零れ、秋も一緒になって笑いながら、友人たちの気遣いに感謝していた。

同時に、不思議だなと感じていた。

友達とは、こうして話していてもなんとも思わない。

いい奴だなと思ったり優しいなと思ったりはするけれど、准一に感じたようなドキドキは感じない。一冊の漫画を一緒に読んだりして顔が近付くこともあるけれど、准一と一緒にいたときに感じた、そわそわしてしまうような動揺は経験したことがなかった。

なのに、どうして准一にはあんなに……。

どれだけ考えても疑問は晴れないままで、秋は憂鬱《ゆううつ》な気持ちを抱えたまま祖母のお見舞いに行き、家へ帰る。

帰宅してみると、優太は境と一緒にモンと遊んでいた。

「おかえりー！」

「おかえり」

「ただいま。ありがとうございます、境さん。優太くんと遊んでくれて」

「何言ってるんだよ。お礼なんかいいって。俺もここのところバイトと課題ばっかりでくさくさしてたから、こうやって気楽にしてられるのは楽しいよ」

そう言うと、境は手にしていたボールをモンの方に転がす。途端、それで遊び始めるモンを優太が追いかける。

きゃあきゃあと声を上げて笑い、走り回る優太の様子は、以前彼の両親と一緒にいるときに見た様子に似ている気がする。

優太は「よかった……」とほっと息を零した。

両親を亡くした傷はすぐには癒えないだろうが、少しずつでも元気になればいいなと思う。

　すると、

「――って言っても、そろそろバイトなんだよな」

　時計を見ながら、境が言う。

「ちょっと、行ってくるわ」

　そして続ける境の声を聞きながら、秋は優太を捕まえると、「ほら、境さんに『行ってらっしゃい』しよう？」と、囁き、手本のように境に向けて手を振る。

「行ってらっしゃい、境さん」

「いってらっしゃーい」

　声を揃えて手を振ると、境は照れたように笑いながら手を振り返し、駅へ向かっていく。

　彼を見送ると、秋は優太とともに家に上がった。

　着替えて食事の支度をしようか、先にモンの散歩に行こうか迷っていると、准一が帰ってきた。

「ただいま」

「お、お帰りなさい」

　今まではなんとも思わなかったやりとりなのに、今日は頬が熱くなる。

　目が合うだけで動揺してしまって、まともに顔が見られない。

心なしか、准一が不審そうな顔をしているが、かといって事情を説明することもできず、結局は顔を逸らしたままでいると、

「ねえ、あき、モンのさんぽにいこうよ」

茶の間にやってきた優太が、グイと秋の服を引っ張った。

「う、うん」

秋は渡りに船とばかりに頷くと、准一に向け、「散歩に行ってきますね」と早口に言った。

「二十分ぐらいで戻ると思うので、その間、よろしくお願いします」

一緒に行く、と言われるのが不安で、ついつい突き放すような言い方をしてしまう。

本当なら、優太のためにも一緒に行こうと誘うべきだと頭ではわかっているのに、どうしてもそう言えない。

むしろ准一にそう言われるのが怖くて、秋はそそくさとその場をあとにする。

「行こう、優太くん」

「うん！」

何も知らず、ただ純粋にモンの散歩に行くことを喜んでいる優太の様子に良心の呵責《かしゃく》を覚えつつ、靴を履《は》く秋の背に、

「気をつけて」

准一からの声が届く。

優しい声なのに、胸に刺さるようだった。

◆

その後も、秋は准一を避けてばかりだった。

今日はアルバイトがないという仁井辺と一緒に食べた夕食のときもほとんど顔を見ず、話もしないままだった。

自分でも嫌なことをしている自覚はあったし、こんなことは早くやめないととわかっているのに、あんなことのあったあとだからどうしても避けてしまう。

片付けのあとも、秋は准一が優太を寝かしつけているときを見計らい、宿題用のノートとテキストを持って仁井辺の部屋に向かった。部屋にいると、もしかしたらまた准一が来るような気がして、逃げたかったのだ。

「あれ、どうしたの」

部屋をノックすると、仁井辺は不思議そうに秋を見る。

美大で絵を描いているという仁井辺は、一部をピンク色に染めた長髪や、自分で染めたというTシャツを着ているため、一見ちょっと近寄りがたい雰囲気だが、実は礼儀正しく好感度の高い青年だ。

この下宿にも愛着があるようで、以前はもう少し便利なところに住んでいたのに、わざわざここに引っ越してきたらしい。

秋はぺこんと頭を下げると、「ちょっとだけここにいていいですか？」と切り出してみた。

「その、一人でいると、ちょっと寂しくて」

そう付け加えると、仁井辺は「ああ」というように頷く。

「早くばあちゃん戻ってくるといいな」

そして神妙な顔で頷くと、大きくドアを開け、秋を迎え入れてくれた。

「どうぞ。でも音楽かけてるから煩《うるさ》いかも」

「ありがとう」

秋は、祖母が不在なせいで自分が寂しがっている、と勘違いして部屋に入れてくれた仁井辺の優しさにちょっと罪悪感を覚えつつも、「おじゃまします」と部屋へ上がる。

以前にも何度か訪れている部屋は、絵と画集と画材と雑誌とＣＤだらけだ。

「ここ——机使っていいよ。今雑誌片付けるからさ。宿題だろ？　それ」

「う、うん」

秋が頷くと、仁井辺は机の上に積み上げられていた雑誌を下ろし、自分はベッドに腰を下ろす。

秋はお礼を言いながら机につくと、ノートとテキストを開いた。

(守宮さんのことは、もう考えないようにしないと)

そう自分に言い聞かせて、宿題に取りかかる。

だがほどなく、気持ちは目の前の数学の宿題から離れ、准一のことに戻ってしまった。

もう優太を寝かせただろうか。だとしたら、もう部屋に戻っただろうか。今も仕事中だろうか?

それとも、まだ優太を寝かせようとしている最中だろうか……。

どんな風に、優太を寝かせるのだろう。とりとめなく話をするのだろうか? それともあの柔らかな声で本を読んだりするのだろうか。

流暢な英語を話していたあの声音で。秋が持って行ったお茶を美味しいと言ってくれたあの声で。

(……)

思い出すと、まだドキドキがぶり返してくる。

(だ、だめだめ。勉強しないと!)

胸の中で呟き、頭を振ると、秋は止めてしまっていた手を再び動かそうとする。

そのとき、

「そういえば、この雑誌見た?」

仁井辺が背後から話しかけてきた。

振り返ると、彼は雑誌を手に近付いてくる。

「これ。これなんだけどさ、ここに出てる『お家騒動』って、守宮さんの会社じゃないのかと思ってさ」

「え？」

差し出されたのは、一冊の週刊誌だ。

開かれている頁を読んでみると、そこには、社長が急死したある会社が、後継者を巡って揉めている、と書かれている。

社長が妻とともに事故死したことや、その子供がまだ幼いこと、異母兄が社長になったことなどは、匿名で書かれているものの、確かに優太の両親が死んでしまったことや優太のこと、准一のことに似ている気もする。

ただ、匿名である以上「『モリミヤ』のことに間違いない」とも言い切れない。

秋が考えていると、

「まあ、匿名だからはっきりとは言えないし、僕も優太くんの家のことやあの人のことはちょこちょことしか知らないけどさ。似てない？　なんとなく」

仁井辺は続ける。

秋はじっくりと雑誌を読んだ。

それによると、どうやら会社は社長が死亡後、誰を後継者にするかで、前社長派と専務派で揉めたらしい。社長の息子が新社長に就任したことで、一旦はその揉め事も収束したものの、新社長が父親と不仲で家を出ていたことや、会社経営の素人であることから、いまだに派閥の対立が水面下で続いている、というものだった。

もしこれが本当なら――この記事がモリミヤのことなら、准一が置かれている立場は秋が思っていたよりずっと大変そうだ。

慣れない仕事というだけでも大変なのに、彼を敵視している人もいるなんて。

『色々な人間の色々な思惑があるらしい』

以前、彼が言った言葉を思い出す。やっぱり、業務以外のことでも悩みがあったのだ。そんな状況なら、確かに周りに気を配る余裕もなくなってしまうだろう。

本当なら優太とのことだって、最初から時間をかけたかったのかもしれない。けれどそんな余裕はなくて、強引に家に連れて行くような形になってしまって……。優太が反発してしまう結果になってしまった。

(でも……)

今、彼は優太に歩み寄ろうとしている。

余裕がない状況は変わっていないだろうに、そんな中でも時間をかけようとしている。

しかもそれだけでなく、祖母の入院に気落ちしている自分のことも励ましてくれて……。

そんな准一の言動を思うと、甘酸《あまず》っぱいものが胸を満たし、そこがじわりと熱くなる。

（僕……）

秋はそっと胸を押さえた。

鼓動が速い。准一のことを思い出すだけで、鼓動が速く大きくなる。

男同士なのに、彼のことを考えるとドキドキしてしまう。

（僕……変だよね……）

そんなはずはないのに、ドキドキしてしまうのは事実で、どうすればいいのかわからなくなる。

俯いてしまうと、

「秋くん？」

心配したように仁井辺が声を掛けてくる。

秋はそろそろと顔を上げると、仁井辺を見つめた。

年上の彼なら、相談すれば何か力になってもらえるんじゃないだろうか。本当のことは言えないけれど、それとなく訊いてみれば、今のもやもやを解決するためのヒントか何かを与えてもらえるかもしれない。

秋は少し考えると、おずおずと切り出した。

「あ——あのさ、仁井辺さん」

「ん？」

「その、に、仁井辺さんって、好きな人、いる？」

「え？　どうしたんだよ、急に」

「どうっていうか……ちょっ、ちょっと訊いてみたいかな、って……」

「好きな人、かあ。まあ一緒にいて楽しい奴ならいるけど……。その『好き』って恋愛の『好き』なんだよな？」

「う、うん」

「じゃあいないかなあ、今は。前はいたけど、学校辞めちゃったんだよな、その子」

「そっか……。その人ってタイプだった？」

さらに声が小さくなる。

するとと、仁井辺は興味を引かれたように、「なんだよ」と笑いながら言った。そして不意に秋の肩を抱くと、弾む声で続ける。

「ひょっとして、恋愛相談か？　任せろ任せろ。そういうことなら俺に任せとけって。境よりは頼りに――」

「その、ぼ、僕じゃなくて、とも、友達の話なんだけど……！」

慌てて、秋は声を上げると、熱くてぽかぽかしている頬のまま、一気に言った。

「その、きゅ、急に今までとは違うタイプの人が気になって、それで、ちょっと戸惑ってるみたいで」

「…………」

「どういうアドバイスをすればいいのかな、って……。なんだか、凄く困って、混乱してるみたいだから……」

「トモダチが？」

「う、うん」

「違うタイプを？」

「うん……」

耳も、かっかとしている。「友達が」なんて嘘とっくにばれているかもしれないけれど、正直に言うと何もかも話してしまいそうで怖い。

（「本当はきみのことだろ」なんて言われませんように……っ）

秋は祈るような気持ちで、俯いたまま仁井辺の言葉を待つ。すると彼は少し間を開け、

「なるほどね」

と頷いた。

「違うタイプ、か……。それって、年下がタイプだったのに年上を好きになったとか、そういう感じ？　大人しい子が好きだったのに、活発な子が気になるとか」

「う、うん。そんな感じ」

実はそれどころではないが、まさか本当のことは言えない。すると仁井辺は小さく笑っ

て言った。

「そっか。でもそういうのもいいんじゃないの？　だってタイプの人ばっかり好きになってちゃつまらないしさ」

「……」

「その好きになった人がタイプじゃなかったはずの人なら、その人だけ『特別』ってことじゃん。いいんじゃないの？　『好きになった人がタイプ』ってのも。それだけ魅力的なんだろうし、戸惑うことないと思うよ」

「とくべつ……」

確かに、准一は特別だろう。

男なのに、同性なのに、考えるだけでこんなにドキドキさせられてしまうのだから。

でも、男の彼に対してそんな気持ちになるなんて、自分は変なんじゃないだろうか。

それに、知られたら絶対に気持ち悪く思われるだろう。嫌がられて、嫌われるだろう。

絶対に隠しておかなければ。この気持ちがどこかへ消えるまで、絶対に。

俯いたままぐるぐると考えていると、

「まあ、トモダチにはそう言ってあげなよ。人を好きになるのは別に変なことじゃないんだしさ」

微笑んだ仁井辺に、ぽんと肩を叩かれた。

◆
◆
◆

結局、仁井辺にそれとなく相談してみれば、何か解決策でも見つかるのでは…という秋の期待は見事に裏切られた格好になっていた。

解決どころか、混乱に困惑が混じってしまったようなものだ。

『別に変なことじゃないんだしさ』

彼はそう言ったけれど、男が男を……なんて、やっぱり変だと思うのだ。

（『違うタイプ』なんて曖昧《あいまい》な言い方せずに、もっとはっきり言えば良かったのかなあ……）

秋は、祖母とともに帰宅するタクシーの中、三日前の仁井辺との会話を思い出しながら、胸の中で呟く。

だが、「友達の話」という嘘もばれていたようなのに、本当のことなんて言えない。

こうなってはもう、自分で解決するしかないのだろう。

ばれないように気をつけて、早くこの気持ちがなくなるように願うしかない。

准一を見るとドキドキしてしまうけれど、きっとこれは彼に憧れているせいだ。今まで身近にいなかった格好いい人だから、だから憧れて気になってしまうだけだ。

「秋、優太くんは元気にしてる？」

そうしていると、隣に座っている祖母が話しかけてくる。秋は慌てて祖母を見ると「うん」と笑顔で頷いた。

「元気だよ。今日も、ばあちゃんが帰ってくるの楽しみにしてた」

「そう。ならよかったわ。ありがとうね、秋。家を守ってくれて」

「そんな、大袈裟《おおげさ》だよ。僕は普通にしてただけだし……。みんな色々協力してくれたしさ」

「ほんとにねえ…ありがたいねえ。でも秋、秋は今日は学校は大丈夫だったのかい？」

今日は、昼前に退院する祖母と一緒に帰るために、秋は学校を休んだ。そのことを言っているのだろう。

秋は「大丈夫だよ」と頷いた。

「先生にも話してるし、クラスの友達もノート取ってくれるって言ってくれたし」

説明すると、祖母は「そう」と目を細めて微笑む。

その様子は、入院前と変わらないように見えて、やはり少し弱っているようにも感じられる。

検査結果は全て異常なしだったけれど、考えてみればもう高齢なのだ。

今までも家のことを手伝っているつもりだったけれど、これからはもっとやって、祖母には休んでもらうようにした方がいいかもしれない。

祖母に今日の快気祝いの話をしながらそう思っていると、タクシーが家の前に止まる。

お金を払って降りると、家を見て、祖母はほっとしたような顔をした。

「やっぱり家はいいねえ……。古くてもやっぱり家が一番だよ」

「うん。僕もばあちゃんがいなくて寂しかったよ。でもしばらくはのんびりしててね。お医者さんもそう言ってたし」

言いながら玄関を開け、祖母に手を貸して秋も家に上がると、「お茶でも煎れるから、茶の間でゆっくりしててよ」と、台所へ向かった。

新しい茶葉でお茶を淹れながら、今日の段取りを考える。

祖母の退院は一昨日決まったのだが、それを伝えると、優太はとても喜んでいた。ほっとしたように「よかった」「おばあちゃんにまたあえるんだね」と繰り返している彼を見ていると、彼がどれほど心細かったかを改めて感じ、秋も祖母の帰宅を一層嬉しく感じずにいられなかった。

仁井辺と境も喜んでくれて、それなら快気祝いをしよう、ということになったのが昨日だ。

普段は学校と課題、そしてバイトで忙しい二人も、その日は深夜からのシフトのアルバイトらしく、夕食は一緒に食べられるらしい。

「守宮さんも帰ってくるとして、そうなると全部で六人か……。優太くんは子供だから五・

五人としても、結構多いよね。だったら一つ一つ料理を作るより、鍋物の方がいいかなあ……」

（それで、〆はごはんよりうどんにして…優太くんがいるならカレー味とかにしてもいいかも。寄せ鍋みたいな感じにして…サラダは別に大きなボウルに作って）

冷蔵庫の中を確認し、「貯蔵庫」を見て野菜のストックを確認し、ときに呟きながら、そしてときに胸の中で今夜の算段を考える。

「ばあちゃん、今夜はお鍋でいいかな」

そしてお茶を出しながら、秋は祖母に尋ねた。

「タクシーの中でもちょっと話したけど、今日はばあちゃんの快気祝いをしようと思ってるんだ。それで、みんな参加してくれるみたいだから、お鍋でわいわいやるのがいいかなと思って。それとも…賑《にぎ》やかすぎる？」

「ううん」

秋の質問に、祖母は笑顔で首を振った。

「嬉しいわよ。病院ではみんなに親切にしてもらったけど、静かすぎたから」

「じゃあ、あとで買い物に行ってくるよ。ばあちゃんも何か欲しいものがあったら買ってくるから」

「ありがとうねえ」

微笑み、美味しそうにお茶を飲む祖母を見つめていると、今までの日常が戻ってきたようでほっとする。准一のことで乱されていた心も穏やかになる気がする。

「……っ……」

しかし准一のことを思い出した途端、また胸がざわめき始める。秋はそれを宥めるかのように、自らの胸元をそっと押さえた。

(なんでもない——なんでもない)

自分に向け、胸の中で呟く。

どきどきしたような気がするけれど、それは気のせいだ。

(だって、守宮さんのことを考えたぐらいで、ドキドキするはずなんてないんだから)

自分に言い聞かせると、むずむずしている胸を鎮めるためのようにお茶を啜《すす》る。

どのくらい効果があるのかわからないけれど、こうして唱えていればいずれは准一のことは気にならなくなるだろう。——なるはずだ。そうなってくれなければ困る。

今夜も、これからも、准一はこの家に帰ってくるのだ。優太のために。だとしたら、早く普通に戻らなければ。

秋は何度となく自分に向けてそう呟くと、夕食のための買い物に出かけ、幼稚園から帰ってきた優太を迎え、モンの散歩に出かけ、祖母と優太が遊んでいる声を聞きながら、夕食の準備に取りかかる。

やがて、そろそろサラダができ上がる、というころに仁井辺と境がケーキを買って帰宅し、寄せ鍋の準備ができるというころに准一が帰宅した。

「おばあちゃん、たいいんおめでとう～！」

そして快気祝いは、優太の明るい声から始まった。

「ありがとう、優太くん」

「お帰り、ばあちゃん」

「秋もありがとうね。みんなも」

「何もなくて良かったですよ」

「仁井辺くんも境くんもお見舞いありがとうねえ」

「大事なくて何よりでした」

「守宮さんも本当にありがとうございました。秋一人じゃどうしても心配だったから、守宮さんがいてくれて良かったですよ」

「じゃ――じゃあ、みんな食べよっか。そろそろお鍋も煮えたし」

一通りの挨拶が終わったのを見計らい、秋がそう声をかけると、

「いただきまーす」

と、可愛《かわい》い声とともに、茶の間の食卓の真ん中で湯気を立てている鍋に、優太が箸を伸ばす。

だが背が低いために、上手く取れないようだ。

「あ——ほら、優太くん危ないよ。僕が取ってあげるから。何がいい？」

「えっとね、えっと……えっと…いろいろ！」

祖母が退院したことと大勢での食事で興奮しているのだろう。優太は弾む声で言うと、瞳を輝かせて秋を見つめてくる。

「わかった。色々だね」

秋はそんな優太に苦笑しながら、白菜や春菊といった野菜を、そして肉団子やつみれを彼の小鉢に取ってやる。

「はい、召し上がれ。でも熱いから気をつけてね」

「うん！」

返事をするとともに、再び箸を取り、ふーふーと冷ましながら食べる優太の様子に、鍋を囲む皆の顔に温かな笑みが広がる。

「じゃあ、俺もいただきます」

「いただきまーす」

次いで境や仁井辺も、いそいそと箸を取る。

「ばあちゃん、ばあちゃんの分も取るよ」

「ああ——ありがとうね」

秋は祖母の分も取り分けると、ふうと息をつき、自分の分のジュースを飲んだ。

六人分のサラダを作るのも、鍋の準備をするのも大変だったけれど、こうして皆が楽しそうにしてくれているのを見ると、苦労も吹き飛ぶようだ。

「あき、これすごくおいしい！」

「美味しい？　よかった」

「うん！　あついけどおいしい！」

にこにこ顔で言う優太に笑顔で返すと、秋も野菜やつみれを自分の分の小鉢に取る。

（うん、美味しい）

一口食べると、思わず胸の中で呟いていた。

出汁がよく出ていて、おいしい。

身体の芯まで温まるような美味しさに、ついつい微笑んでいると、そんな秋の向かいにいる准一が、じっとこちらを見つめていることに気付いた。

「！」

瞬間、何を食べていたのかわからなくなってしまう。

（な――なんで…じっと見てるんだろ……）

いったい、いつから？

考え始めると、食べる手も止まりがちだ。

今夜、秋は准一から一番遠いところに座った。「だってばあちゃんの世話をしないといけないし」と、それを理由にして。そして離れて座ったあとは、あまり顔も見ないようにした。「だって顔を見なくても一緒にごはんは食べられるし」と、それを理由にして。

普通にしていなければと思っていても、彼が近くにいると普通でいられなくなる気がしたから、距離を取った。

でもいったいいつから、彼はそんな秋を見ていたのだろう？

（僕、何も変なこと、してないよね）

秋はドキドキし始めた胸中を誤魔化すようになんとか食事を続けたが、相変わらず食べているものの味はわからなくなったままだ。さっきまで美味しかったのに、准一の視線を意識してからというもの、そちらに神経が行ってしまうせいか、せっかくの料理をただ咀《そ》嚼《しゃく》しているだけになってしまっている。

「あき？　あきってば」

「え――」

するとそんな秋の腕が、優太に揺さぶられる。

びっくりして隣を見ると、優太が「もっと」と空になった小鉢を手に微笑んでいた。

「おかわり！　あき、もっとたべたい」

「あ――うん。わかった」

秋は笑みを作ると、優太の小鉢を取り、再び取ってやる。

だがそうしている最中も、向かいからの視線を感じる。秋はますます顔が上げられなくなってしまった。

やっぱり態度が変だから、不審に思われたんだろうか。不快に思われているんだろうか。怒っているだろうか？

それとも……ひょっとして彼に対してドキドキしていることを知られてしまったのだろうか。

想像すると怖くなって、食べる手もぎこちなくなってしまう。

しかしそのとき、

「あれ、もうじゅーすなくなっちゃった……」

優太が困ったような声で言った。手には、空になったペットボトルだ。

「冷蔵庫にあるだろ。取ってくるよ」

その声を受けて仁井辺が立ち上がり台所へ行ったが、「なくなってるよ」と戻ってくる。

「じゃ、じゃあ買ってきます」

秋はさっと立ち上がった。

「え、いいよいいよ。俺が行くよ。秋くんは食べててよ」

「いいえ。仁井辺さんこそ、このあとバイトでしょう？　たくさん食べて下さい」

苦笑しながら言って財布を掴むと、秋は「ちょっと行ってくる」と祖母に言い置き、あたふたと靴を履いて家を出る。

「はー……」

途端に、大きな溜息が出た。

強い緊張から解き放たれるようだ。

あのまま准一に見つめられたことを意識したままだったら、きっともっと不自然な態度になって、動きもガチガチになっていたに違いない。

近くの店まで往復する間に、気分転換して頭をしゃっきりさせよう。そして家に帰ったら、落ち着いた顔でいるのだ。

(それで、普通に話をしよう。なるべく……頑張って)

うんうんと頷きながら、秋は胸の中でひとりごちる。

しかし店へと歩き始めたそのとき。

「わたしも行こう」

背後から聞こえた声に、飛び上がった。

振り返れば、そこには今一番会いたくない相手が——秋を緊張させせ、ドキドキさせる張本人である准一が立っていた。

「守宮…さん……」

「せっかく買いに行くなら、何本か買った方がいいだろう。重いだろうし、わたしも持とう」

「い、いいえ。一人で大丈夫です。守宮さんは、優太くんの側に……」

「優太は食べることに夢中だし、おばあさまがみてくれている。大丈夫だ」

「でも……」

「とにかく行こう。一人で行かせるのは危ない」

「へ、平気です。女の子じゃないんですし。だから——」

「いいから行くぞ」

なんとかして准一に家に帰って欲しくて秋は言葉を重ねたが、准一は有無を言わさぬ口調で言うと、強引に秋の腕を取って歩き始める。

その手の強さに、胸が跳ねる。

ほどなくその手は離れたものの、緊張は高まったままだ。

だが、彼は特に何を話すこともなく店でペットボトル飲料を三本買うと、全部一人で持ち、帰途につく。

一つぐらいは持つ、と秋は申し出たが、准一は渡してくれなかった。

やむを得ず、来たときと同じように彼の後ろをとぼとぼとついて歩いていると、

「あの二人は、いつから下宿してるんだ？」

不意に、准一が言った。

「え？」と首を傾《かし》げる秋に、准一は付け加えるように言う。

「仁井辺さんと境さんだ」

「二人とも、僕より少し前だそうです。だから二年ぐらい前だと思います」

「そうか」

静かに准一は頷くが、その声に秋は不安になる。

二人がどうかしたのだろうか？

「何かあったんですか？」

尋ねると、准一は首を振った。

「いや——別に。ただきみと仲がいいんだなと思っていた」

「そうですか？」

「ああ。そう見えた」

「それは……いい人たちですし、祖母も気に入ってますし」

「部屋を行き来するぐらいなんだな」

「行き来っていうか……。たまに遊びに行ったりはしています。勉強を見てもらったりとか、マンガの貸し借りとか」

すると、つと准一の足が止まった。

驚く秋の前で彼は振り返り、じっと秋を見つめて言った。

「わたしのことは避けるのにか」

「！」

顰《ひそ》められた眉と、微かに眇《すが》められた双眸《そうぼう》。そして硬い口調に気圧され、一瞬、息が止まる。

「さ、避けてなんか」

辛うじて言い返したが、

「避けているだろう」

その声を押し返すように准一は言うと、真摯な瞳で秋を見つめ続ける。

「わたしは、きみに対して何か嫌なことをしただろうか」

「え……」

「きみに、不快なまねを」

「そ、そんなこと何も……」

「だが避けているだろう？　わたしに至らないことがあれば言ってくれ。わたしは人付き合いが上手い方じゃないし、きみには迷惑をかけっぱなしだ。何か不満があれば遠慮なく言ってくれていい」

声音も真剣さが伝わってくるものだ。

視線とその声に耐えきれず、秋は唇を噛んで俯いた。

避けたくて避けているわけじゃない。でも避けているのは事実で、やはりそれは准一に嫌な思いをさせていたのだ。

迷惑なんてかかっていない、不満なんかない、と本当のことを言ってしまいたい。

そうじゃなくて、本当はあなたを見るとドキドキして変だから、だから見ないようにしているのだ、と。

秋はそろそろと顔を上げると、准一を見つめ返す。

だが――。やはりそれは口にできない。言えない。

「……何もないです……」

秋は首を振ると、呟くようになんとかそれだけを言う。

准一が苦しげにますます眉を寄せるのを見ていると、胸が痛くて堪らなかった。

◆

「あき、なにかあったの？」

その夜。

片付けを終えて自分の部屋に戻ろうとしていた秋は、祖母と一緒に寝るはずの優太に引き止められた。

その表情は、祖母が帰ってきて嬉しいはずなのにどうしてか不安そうだ。

「……どうしたの、優太くん」

気になって、秋は廊下にしゃがみ込んで優太を見つめる。

すると優太は少し躊躇《ためら》いながら言った。

「……あのひとと、けんかしてるの？」

「……」

思いがけない指摘に、秋はぎょっとした。

自分はそんなに――優太にも気付かれてしまうほど不自然だったなんて。

「なんでもないよ」

首を振って笑顔で言いつつも、秋は内心顔を顰めていた。

買い物から帰ったあとは普通にしなければと思っていたのに、結局、秋はそうできなかった。それどころか、准一に指摘されたこともあって、ますます態度がぎこちなくなってしまったほどだ。

夕食後の片付けも、准一は手伝いを申し出てくれたのに、断ってしまった。

思い返して溜息をつきかけ――慌てて秋はそれを噛み殺した。

今は優太の目の前だ。彼をこれ以上不安にさせるわけにはいかない。

秋は微笑んだまま、優太の頭を撫でた。

「喧嘩《けんか》なんかしてないよ。大丈夫」

「ほんとう？」

「本当だよ」

「でもなんだか、あき、へんだった」

「気のせいだよ。普通、普通」

「……」

「それより、運動会の練習はどうなの？　かけっこ、勝てそう？」

「うん！　あのね、ぼくいままでよんばんだったけど、れんしゅうしてにばんになったんだよ！　ほんとうのうんどうかいのときはぜったいいちばんになる！」

不安そうな顔をしたままの優太の気を逸らすように運動会の話題を出すと、優太は表情を一変させ、弾んだ声で言う。

だが、彼の中の不安を本当に消し去ることができなかったせいだろう。

翌日、優太は熱を出してしまった。

◆

「大丈夫……？　優太くん……」

早退して眠っている優太の側に付き添い、小さな手を撫でてやりながら、秋は胸に広がる重たい後悔を感じていた。

どうしてもっと彼を気にかけてやらなかったのか。

秋が准一を避けていることに気付くような彼なのだ。運動会の話題を持ち出したぐらいで、簡単に誤魔化されるような子じゃないのに。

「ごめん、優太くん……」

秋はきつく眉を寄せた。

幸い、今は熱も引いているようだ。

幼稚園の先生によれば、昼食後に具合が悪くなって熱を測ったところ、少し高かったため病院に行ったらしい。医者の話では「ちょっと頑張りすぎたみたいですね」だったという。

両親の死に、引っ越しや幼稚園が変わるかもしれない揉め事、そしてばあちゃんの入院に運動会の練習で普段より頑張りすぎていた身体に負担になってしまったのだろう――と。

だが、秋はそれだけではないことを誰よりも知っている。

自分の態度のせいで、優太を不安にさせてしまった。小さな彼に、余計なストレスをかけてしまった。

優太への申し訳なさと自分のだめさ加減に溜息をついたとき。

「秋、大丈夫かい？　ばあちゃんが代わろうか？」

祖母が部屋に入ってくる。

秋は感謝しつつも「大丈夫だよ」と首を振った。

「僕がついてるよ。ばあちゃんはまだ身体が本調子じゃないんだし……部屋でゆっくりしててよ。っていうか、ごめんね、今日は夕飯作ってもらって」

「そんなこと気にしなくていいんだよ。少しは動かないと治るものも治らないし、おでんは昼から煮てただけだし。でも残念にねえ。この調子だと優太くんはごはん食べられないでしょう」

「そうだね……お薬を飲まなきゃいけないから、何か口にしないとだけど…おでんは無理だよね。お粥《かゆ》かなあ……」

「お粥なら、ばあちゃんが作ろう。普通のお粥でいいんかね」

「うん——多分。でもお粥は僕が——」

「いいから。秋は優太くんに付いていてあげなさい」

優しく言うと、祖母は部屋を出て行く。するとその足音に重なるように玄関が開く音がしたかと思うと、足早に廊下を歩く足音が近付いてくる。

准一が姿を見せた。

「熱を出したって？」

部屋に入ってくる彼の表情は、焦りに青くなっている。

連絡をしてから、まだ数時間しか経っていない。仕事の途中なのだろう。

「……はい」

秋は彼に対してもすまなさを感じながら、小さく頷いた。

そして経過を説明すると、秋の隣に腰を下ろした准一は、「そうか……」と頷いた。

「すみません」

秋が謝ると、准一は「きみが悪いわけじゃない」と首を振る。だが秋は、大きく頭を振った。

「僕のせいです。僕が…僕が悪いんです」

「百山くん？」

「僕が……優太くんを不安にさせてしまったから……」

「どういうことだ？」

怪訝《けげん》そうな声で尋ねてくる准一に、秋は俯いたまま言った。

「優太くん、僕と守宮さんが喧嘩したんじゃないか、って気にしてたんです。僕が…守宮さんと距離を取っているように見えたみたいで……」

すると、准一はややあって長く溜息をついた。

「なるほど。そうだったのか」

「はい……」

秋が小さくなっていると、その肩に准一の大きな手が触れた。

「だがそれでもきみのせいじゃない。そう落ち込むな」

「でも――」

「昨日も尋ねたように、わたしもここ数日のきみの様子は気になっている。昨日はあれ以上尋ねなかったが、『何もない』と言ったきみの言葉をそのまま信じてはいない。きっと、わたしは気付かないうちにきみに何かしてしまったのだろう。きみが言いづらいことを。それはわたしの落ち度だし、わたしたちのことを心配している優太に気付けなかったのもわたしの責任だ。きみだけに任せているつもりはなかったが…優太の変化に気付けなかったのは兄としての失態だ」

悔やむように眉を寄せる守宮に、「そんな」と秋が首を振ったとき。

「あき……」

小さな声とともに、優太の手がぴくりと動く。

はっと見れば、彼は目を覚ましたところだった。

「優太くん、具合は…どう？　気分が悪かったりしない？」

顔を寄せて尋ねると、優太は「だいじょうぶ」と呟き、ゆっくりと秋を見つめ返す。准一がいることにも気付くと首を巡らせて彼を見つめ、やがて、

「なかよく、してね？」

小さな声で、しかし大きな願いのこもった声で言う。

秋は一瞬答えに戸惑ったものの、そっと優太の手を握ると、「うん」と深く頷いた。

「仲良くするよ。今までもこれからも仲良くする。仲良しだよ」

「ああ——そうだ。仲良しだ。だから心配するな、優太」

その手に准一の手が重ねられた瞬間、秋は緊張のあまり身体が固まってしまったが、それでも、なんとか笑顔を見せ続けた。

こんな小さい子を心配させるわけにはいかない。

憧れと好意が入り混じって混乱している自分のせいで、優太を不安にさせるわけにはいかない。

そう。

今感じている准一へのドキドキも、きっと気のせいだ。

今まで准一のような人が側にいなかったから、だから慣れなくて戸惑っているだけだ。

秋は手に感じる准一の温もりに胸の中がさざめくのを感じながらも、そう、自分に言い聞かせ続けた。

◆

優太の体調不良は、幸いにして翌日には回復した。

大事を取って一日は幼稚園を休んだものの、今日にはもうすっかり元気になり、横になっているどころか「遊びに行きたい」と言うようになったほどだ。

秋としては、具合を悪くした優太の様子を見ているだけに外へ行くのは不安だったが、元気が余っていると言わんばかりに家の中をかけ回っている。

優太を見ていると閉じ込めておくのも可哀想で、秋はモンの散歩を兼ねて、夕方、優太と一緒に公園に出かけた。

日曜の夕方の公園は子供たちでいっぱいだ。

「あ！　しんやくん！」

優太はすぐに友達を見つけ、駆け出して行く。

幼稚園の友達なのか…それともこの辺りで仲のいい子なのだろうか。男の子も女の子も一緒になって遊んでいるほのぼのとした光景に微笑みながら、秋は近くにあったベンチに腰を下ろす。持ってきていたカメラを取り出すと、優太に向けた。

あまり人は撮らない秋だが、優太の笑顔を見ているとついついシャッターを押したくなってしまう。

コンテストのために、色々な写真を撮ってみたい気持ちもあった。

そう。秋はつい先日、学校の帰りに役所に立ち寄り、応募用紙をもらって帰ったのだ。

世田谷区が主催のフォトコンテスト。

まだ応募するかどうかは決めていないが、出してみたい想いがあって。

秋はカメラを持ったまま立ち上がると、モンを連れて公園を移動する。

気になった花を、地面に伏せて気持ち良さそうに目を閉じているモンを、公園から見える街を撮っていると、いつしか夢中になっていく。

(やっぱり好きだなあ、写真撮るの……)

花壇の近くにしゃがみ、花を間近から撮りながら、秋は胸の中で呟いた。

シャッターを押すたび、うきうきするような、全身に充実感が満ちていくような感覚を覚える。

角度を変えて何枚か撮ると、秋は場所を変えようと立ち上がる。だがそのとき。

「あっ」

「あっ――」

ちょうど後ろを走っていた女の子と、ドンとぶつかってしまった。

はずみで、女の子が尻餅をつく。

「大丈夫⁉」

秋は慌てて声をかけると、五、六歳に見えるその女の子を助け起こそうとした。

だが、転けた痛みと驚いたせいだろう。女の子は、ぼろぼろと泣き始めてしまった。

「だ――大丈夫？　ごめん。怪我は……」

秋が狼狽えながらしゃがみ込み、女の子の顔を覗き込んだとき。

「ちょっと⁉　何してるの、あなた！」

いきなり鋭い声がしたかと思うと、横から強く突き飛ばされた。

不意の衝撃と痛みに混乱しつつも顔を向ければ、そこには一人の女性が女の子を抱き締めるようにしてしゃがんでいる。

その表情は、怒りに満ちていた。

「なんのつもりなの、うちの子に！」

睨まれたまま怒鳴られ、秋はぎゅっと身体を竦めた。

「すみません、僕、ぶつかってしまって」

「ぶつかった⁉　おおかたそのカメラで変な写真撮ろうとしてたんじゃないの⁉」

「え、ち、ちがいます！」

とんでもない誤解に、秋は狼狽えながら首を振る。だが女の子の母親らしき女性は、きつい表情で秋を睨んだままだ。しかも声を聞きつけたのか、周囲に人が集まってきた。

（どうしよう……）

秋は自分が震えているのに気付いた。

やましいことは何もしていないし、それは写真を見てもらえばわかるはずだ。だが、「今から撮る気だったのだろう」と疑われたら……。

それに、ひょっとしたらさっき写真を撮っていたときに女の子も映り込んでいたかもしれない。

もしそれを指摘されたらどうしよう？

最悪の事態ばかりを想像してしまい、言い訳するための声も出せなくなってしまったとき。

「百山くん？　大丈夫か⁉」

声がしたかと思うと、周囲を取り囲み始めている人たちをかき分け、准一が姿を見せた。

「守宮さん……」

どうしてここに彼が？

びっくりしすぎてぽかんとしてしまった秋を、彼は抱き起こしてくれた。

「どうした。大丈夫か？　家に帰ったらおばあさまがきみと優太は公園に行ったと教えてくれたから来てみたんだが……」

「は、はい。ただその……」

秋は、二人を遠巻きにしている人たちの興味津々の視線を痛く感じながら、そろそろと説明した。

「写真を撮っていたら、夢中になって……。女の子にぶつかっちゃったんです。それで、転ばせてしまって」

「それだけじゃないでしょう⁉　うちの子に変なことしようとしてたんでしょう！」

すると、途端に女の子の母親から声が飛ぶ。

「まったく、どれだけ注意してもこういうことが後を絶たないんだから嫌になるわ！　ただでさえこのところ変な車がこの辺りをぐるぐる回ってるとか、見慣れない人があちこちの家を覗き込んでるとか噂《うわさ》になってるっていうのに！　その上こんないかがわしい――」

「違います！」

秋は声を上げたが、どれだけ信じてもらえたかわからない。

女の子の方はと言えば、もう転けたことも忘れたかのようにけろりとした顔をしているが、母親の方は鋭い目つきでこちらを睨んだままだ。

准一にも疑われたらどうしよう？

不安になりながら秋が俯くと、その肩にぽんと何かが触れる。

びくりと慄《おのの》き、肩を見ると、そこには准一の手が置かれていた。

彼は秋と目が合うと、秋を安心させようとするかのように一つ、大きく頷く。

その目は、「何もかもわかっている」とでも言うかのような穏やかさと落ち着きに満ちている。

次いで准一は、ぽんぽんと何度か秋の肩を叩くと、女の子とその母親の方を向いて立ち上がる。

そしてふっと微笑むと、その笑顔に虚をつかれたかのように目を瞠《みは》る女性に、さっと名刺を差し出した。

「わたしは守宮といいます。この百山くんの知り合いのものですが、このたびは失礼致しました。話を聞くと、お嬢さんとぶつかってしまったとか。怪我が心配ですね。一緒に病院に行きましょう」

「びょういん⁉」

すると、誰より早く女の子がびっくりしたような声を上げ、

「い、いいよ、おかあさん。だいじょうぶだから！　びょういんなんか行かなくていい！」

嫌々をするように首を振る。

名刺を受け取った女性はといえば、その名刺と准一の顔を見比べている。

「『モリミヤ』って、あのモリミヤさん？　二丁目の大きなお屋敷の……。でもあそこのお宅はこの間……」

「ええ。父と母は亡くなりました。わたしはちょっと実家を離れていたんですが、今は弟と一緒にいるんです。それで、両親や弟と親交のあったこの百山くんとも親しくさせてもらっていて、たまに一緒に犬の散歩に行ったり、わたしが付き添えないときは、弟と遊ぶときに一緒にいてもらっているんです」

「……」

「大切な弟の世話を任せるほどの青年ですから、彼は悪いことをするような子じゃありませんよ。ぶつかってしまったことは申し訳ありませんでしたが、お母さんが心配されるよ

うなことはありません」

准一がそう付け足すと、女性の攻撃的な雰囲気は少し和らぐ。まだきつい目つきで秋を睨んではくるものの、口を開こうとはしない。

「それでもまだご不安なら、わたしが話を聞きます。どうぞ」

そして准一はそう続けると、じっと女性を見つめる。口調は柔らかだが、その表情は毅然とした男のそれだ。

その迫力に圧されたのだろうか。

女性は「そこまで言うなら……」と、矛先を収めるかのように言うと、「行くわよ」と女の子の手を取る。

次の瞬間、それまで母親の隣で所在なさげにもじもじしていた女の子が、はっとしたように声を上げた。

「だいじょうぶ？　ちがでてる！」

秋も見てみれば、手の甲が擦《す》り剥《む》け、血が滲んでいる。さっき、女の子の母親に突き飛ばされて転んだときのものだろう。

だが秋は「大丈夫だよ」と微笑んで言った。

「これぐらいなら大丈夫だよ。ありがとう。でもごめんね、よく見てなかったから、ぶつかっちゃって」

「ううん。麻衣《まい》、もうだいじょうぶだから」

するとと女の子は笑顔を見せ、母親とともに去っていく。

それが合図だったかのように、周囲の人たちも散り散りになると、秋ははーっと大きく息をついた。

全身の緊張が解けるのを感じていると。

「大丈夫か」

准一が顔を覗き込んでくる。気がつけば、優太も側にやって来ている。

いつからいたのだろう？

再び焦り始めた秋に、准一は「大丈夫だ」と頷いた。

「優太は今来たばかりだ」

そして小声でそう言うと、再び秋を励ましてくれるかのようにぽんと肩を叩いてきた。

「大変だったな」

「はい……」

頷きながら、秋は心底安堵していた。

危なかった。危うく不審者にされてしまうところだった。

だが危機が去ると、疑問が湧いてきた。

「で、でも守宮さん、どうして……」

彼は仕事ではなかったか。

不思議に思いながら准一を見つめると、彼は柔らかく微笑んだ。

「早めに仕事を切り上げて帰ってきたんだ。だが良かった。わたしも優太がいるし、小さな子供を持つ母親の気持ちが少しはわかるつもりだが……最近は物騒だな。どこで誤解を受けるかわからない」

「そ、そうですね」

「きみのことを少しでも知っていたなら、あんな誤解はしないはずなのに」

そう言うと、准一はやれやれというように肩を竦め、次いで目を細めて秋を見つめる。

誤解されたらどうしようと不安だったのに、彼はまったく迷うことなく秋を信じてくれた。庇ってくれた。助けてくれた。

信頼が感じられるその表情と言葉に、涙が出そうになる。

誤魔化すように髪をかき上げると、その手を准一に掴まれた。

「そう言えば、さっきあの子が気にしてたな。これはどうしたんだ？　きみも転けたのか？」

「え、ええっと……そ、そうです」

擦り傷を見ながら顔を顰めて言う准一に辛うじてそう答えると、秋は「でもこれぐらいなら平気ですから」と笑う。

しかし准一は「平気でも傷口を洗うぐらいはしておいた方がいい」と言うが早いか、秋を公園の片隅へ――水道のあるところへ引っ張って行く。

「ばい菌でも入ったらどうする。本格的な手当は帰ってからするにしても、先に洗っておこう」

そして手ずから、秋の傷口を洗ってくれようとする。

「だ、大丈夫です！　一人でできますから！」

慌てて首を振り、秋が訴えると、准一はそっと手を離してくれた。

「なら、カメラを持っておこう。首からかけていても水が飛べば濡れるだろう」

「は――はい」

「カメラは無事か？」

「多分……あとで確認してみます」

「ああ」

秋は頷きながら手を洗ったが、思っていたよりも染みる。

顔を顰めながら、痛みを紛らわせるように声を継いだ。

「でも、カメラはもうこの辺りでは持ち歩かない方がいいかもしれないですね。また間違われたら大変ですし」

「そうだな。残念だが…今は色々と難しいからな。公園の風景を撮ってたのか？」

「はい。そんな感じです」

手を洗い終え、濡れた手でハンカチを探していると、その手に准一から綺麗なハンカチがそっと渡される。薄く青みがかった手触りのいい大きなハンカチは、とても彼らしい。清潔感のある香りがした。

「ありがとうございます」

「気にするな。ああ…まだ血が滲んでいるな。少しこのハンカチで押さえておいた方がいいだろう。いや、軽く縛っておくか。その方が邪魔にならないだろう？　貸してみろ」

言うや否や、准一は秋の手からハンカチを取ると、傷口をふわりと覆うようにして手を包み、結ぶ。

（っ……ち、近…っ……）

思わぬ接近に秋は狼狽したが、准一は落ち着いている。

「これでいいな」

そして准一はハンカチを結び終えると、少し辺りを眺めて言った。

「もしなんなら、今から改めて写真を撮るか？」

「え？」

どういう意味だろうかと秋が首を傾げると、准一は言った。

「きみが一人のときは今回みたいに濡れ衣を着せられるかもしれないから、カメラは持ち歩かない方がいいかもしれないだろうが…今ならわたしもいる。わたしが保護者代わりについているなら妙な疑いをかけられることもないだろうし、もう少し撮影しても大丈夫じゃないかと思ったんだ。もう充分撮ったならいいんだが」

「え…でも……」

秋は返答に詰まった。

確かに、まだ写真は撮り足りない気がしている。もっと撮りたいと思っていた。

それに、准一がいてくれるなら不審者だと疑われることもないだろう。

だが、彼は疲れているのではないだろうか。せっかく早く帰ってきたのだし、家で休みたいのではないだろうか。

しかしそんな思いから戸惑う秋に、准一は続ける。

「実は、もう少しここにいたいと思っている。こんな風に公園に来るのは久しぶりだしな。優太とモンはわたしが見ているから、気になる景色や風景があれば撮るといい。周りには気をつけて」

そして准一は微笑むと、モンを連れ、優太と一緒に彼の友達が遊んでいる方へ歩いていく。

秋は彼の気遣いに胸が熱くなる想いだった。

ここにいたいのは本当かもしれない。けれどわざわざ自分に写真を撮るための時間をくれるなんて。

秋は、せっかく准一がくれた機会なのだから写真を撮ろうと思いながらも、彼の後ろ姿から目が離せない。

スーツ姿で、スッと背筋を伸ばし、片手でモンのリードを、そして片手で優太と手を繋いでいる姿は、人目を引く。

だからだろうか。気がつけば、公園にいた女性たちが――お母さんたちが准一を囲んでいる。

優太と仲のいい友達の母親もいるのか、全員と初対面のはずなのに、なんとなく話が弾んでいるようだ。

秋は、そんな准一を見つめながら胸がちくちくするのを感じていた。

別に、彼が誰と親しくしようと関係ないはずだし、優太と仲のいい子の母親と親しくするのはいいことのはずだとわかっている。

けれど……。

「っ……」

秋は、もやもやを消せない自分自身に顔を顰めると、視線を引き剥《は》がすようにして踵《きびす》を返し、写真を撮り始めた。

准一のことを見る必要はないのだから。見なくていい。

だが何度そう胸の中で繰り返しても、気付けば写真を撮る手が止まり、視線は彼に向いてしまう。見ても、見えるのは彼が女性たちに囲まれているところだとわかっていても、気になってしまうのだ。

なるべく遠くに行こう、と、准一が見えないところで写真を撮ってみても彼のことが気がかりなのは同じで、むしろ見えないせいで余計に彼が何をしているのかが気になってしまう。

するとほどなく、

「ワン！」

モンの声がしたかと思うと、准一と優太がこちらに近付いてきた。

「どうだった。少しは撮れたか」

「は……はい……まあ」

秋はぎくしゃくと頷く。

何枚か撮るには撮ったが、准一のことを気にしてばかりだったから、ろくなものになっていないだろう。せっかく彼が気遣ってくれたのに思うと、自己嫌悪だ。

だが優太は秋の写真が楽しみなのか、「あとでみせてね！」と期待に満ちた笑顔で言う。

秋が苦笑していると、優太の手を握ったままの准一が微かに声を落として言った。

「そういえば、この間優太が言ったことだが」

「え？」

「気にしなくていいからな」

「？」

意味がわからず見つめると、准一はさらに声を落として続けた。

「この間の優太の言葉のせいで、きみに負担を背負わせたくはないんだ」

「……」

戸惑う秋に、准一は続ける。

「無理にわたしと仲良くしようとか、優太の希望を叶えなければとか、そんなことは考えなくていい。ただでさえ、きみには色々と負担だろう。その上……」

「そんなことありません」

慌てて、秋は首を振った。

ひょっとして、今のやり取りで何か誤解させてしまったのだろうか。まだ秋が避けていると――避けようとしていると思わせてしまったのだろうか。

秋は急いで言葉を継いだ。

「その、無理に仲良くなんて、思ってません。優太くんに言われたからでもありません。負担だとも思っていませんし、さっき庇ってくれたのも嬉しかったです」

「……」

だが、彼はまだ何か気にしているようだ。

ふっと息をつくと、苦しそうに眉を寄せて言う。

「やはり、少しでも早くきみのところを出て行くことを考えた方がいいのかもしれないな」

「！」

その言葉は、秋のことを思い遣ってくれているはずのものなのに、胸に刺さる。

言いたいことはあるのに、何を言えばいいのかわからない。

見つめ合ったまま、どちらも言葉を出せずにいると、

「ねえねえ、このおはなはなに？」

優太が、くいくいと准一のズボンを引っ張る。

「ん？　どれだ？」

優太に引っ張られるまま、花壇に近付いていく准一を秋は見つめる。

二人で花を見つめている様子は微笑ましく、思わずシャッターを押したが、胸の中はうずいたままだった。

◆　◆　◆

（ああもう……最悪だ……）

秋は胸の中で呟くと、布団の中で寝返りを打った。

熱のせいか、頭がぼうっとしている。

優太の世話を焼いたのがつい先日なのに、今度は自分が倒れてしまうなんて。

しかも原因は明白だ。

『やはり、少しでも早くきみのところを出て行くことを考えた方がいいのかもしれないな』

一昨日の、准一の言葉。

優太とともに早めにここを出て行こうとしている彼のあの言葉がずっと気になって、ちゃんと眠れず、結果、授業中に具合を悪くしてしまった。

祖母の入院の件があったためか、先生は「ゆっくり休め」と早退させてくれたし、クラスメイトたちも心配してくれた。だが、その気遣いは秋をなおさら落ち込ませるだけだった。

まだ全快していない祖母のことや優太のこと――。

考えることはたくさんあるはずなのに、それよりも准一の言葉が気になって堪らないなんて。

彼は本当にここを出て行くつもりなんだろうか……。

(そりゃ、いつかは出て行くってわかってたけど)

ここにいるのは優太の運動会が終わるまでと知っていたけれど、「それまでは」と優太と約束していたから、それより早く出て行くかもしれないなんて考えてもいなかった。

だが、優太とも仲良くなっているようだし、本当に出て行くこともあり得るかもしれない。

（でも幼稚園のことがあるし……）

秋は布団の中で首を振る。

そもそも、優太が運動会まではあの幼稚園に行きたいと言ったために、その希望を叶えるために、ここで預かることになったのだ。だとしたら、やはり終わるまでは出ていかない…だろう。

そう、思いたい。

（でも……）

ぐるぐる考え始めると、いつまで経っても終わらない。頭の中が准一のことばかりになってしまい、苦しいし切ないのに止まらないのだ。

秋は、はーっと溜息をついた。

眉を寄せた准一の貌が、脳裏を過る。

自分は彼を嫌ってなんかいない。迷惑をかけられたとも思っていない。ただ彼の顔を見辛くて避けていたのに、彼はそれを誤解してここから出て行こうとしている。自分のために——と。

だが誤解だとわかってもらうには、どうして彼を避けていたか話さなければならない。

それは躊躇《ためら》われてしまう。

為す術なく、また一つ秋が溜息をついたとき。

「あき、だいじょうぶ？」

ドアがノックされたかと思うと、そこがそっと開き、優太がそーっと顔を見せる。

首を巡らせて見てみれば、優太の手にはコップがある。

そのまま優太はそろそろと――ゆっくりとしたよろよろとした足取りでベッドの側まで近付いてくると、「みず……」とコップを差し出してくる。

秋は上体を起こすと、「ありがとう」とそれを受け取った。

開けたままのドアの向こうに見える廊下には、点々と水の跡がある。頑張って持ってきてくれたのだろう。そう思うと、飲むのが勿体《もったい》なく思えるほど嬉しい。

と同時に、気にさせてしまったと思うと申し訳なくなる。

秋は手にしているコップの中の水をゆっくりと飲み、ついでに薬も飲むと、不安そうに見つめてくる優太を安心させようと、微笑んだ。

「ありがとう、優太くん。おかげで元気になれそうだよ。でも、これからはもういいからね？」

「どうして？」

「一応熱があるし……。また優太くんが具合を悪くすると悪いからね」

「？」

「優太くんもまた病気になったら嫌だよね？」

「いや」

「うん。だから、ばあちゃんと一緒にいてよ」

「じゃあ、あきは？　あきはひとりでいるの？　ごはんもひとり？」

「うん……僕は一人で頑張るから」

「……」

「ね？　優太くん」

「でもひとりはさびしいよ？」

ベッドに両手をついて伸び上がるようにしながら、優太は言う。

一瞬、言葉をなくす秋を、優太が大きな瞳でじっと見つめてくる。

やがて、

「そうだ！　じゃあ、あのひとは？」

優太は、発見した！　とばかりに目を輝かせて言った。

「え？」

「じゅんいち。じゅんいちはおとなだからいいよね？」

戸惑う秋に、優太は嬉しそうに言う。秋は狼狽えながら頭を振った。

「だ、だめだよ。守宮さんは仕事があるんだし」

慌てて止めようとしたが、優太は「まかせて！」と言い残して部屋を駆け出て行ってしまう。

「まかせて、って……」

そんなわけにはいかない。

秋は後を追おうとベッドを降りかけたが、途端、ぐらっと目眩《めまい》がしてベッドに倒れ込んでしまった。

「っ……」

起きなければと思うのに、目がぐるぐる回って立ち上がれない。疲れと薬のせいだろう。

頭の中を過るのは、准一のことだ。

彼の貌。声。背中。美味しそうにごはんを食べてくれたときのこと、公園で秋を信じてくれたときのこと。そして辛そうな貌……。

「ふ……」

胸が苦しい。

男同士なのに、彼のことを考えると胸が軋《きし》んで苦しくなってしまう。

でも、これは口には出せない。

隠さなければ。

ばれて彼に嫌われたらと思うと、怖くて堪らない。

「嫌だ……」

彼に嫌われたくない。

秋は熱に浮かされるまま呟いた。

「いやだ……」

出て行かないで欲しい。近くにいて欲しい。

「う……」

浮かんでは消える准一の貌が悲しくて、秋は頭を振る。

そしてどのくらい経っただろう。

「秋……？　大丈夫か」

不意に、頬に何かが触れ、間近で声が聞こえる。

それに呼ばれるようにふっと目を覚ますと、そこには心配顔の准一がいた。

「えっ⁉」

驚き、慌てて起きようとしたが、

「だめだ」

厳しく優しい声とともに止められた。

「横になっていないと」

そのまま、ゆっくりと寝かせられる。

「あ、あの…どうして」

熱のせいだけでなく頬が熱くなるのを感じ、動揺しながら尋ねると、准一は「一時間ぐらい前に、優太から電話があった」と微笑んだ。

「『すぐにかえってきて』と、慌てていたよ。だから来たんだ。幸い、すぐに抜けて構わないパーティーだったからな」

優しい笑顔だが、秋は恥ずかしさといたたまれなさに布団の中に顔を埋めずにいられなかった。

本当なら、今すぐここから逃げ出したいほどだ。まさか優太が本当に准一に連絡してしまうなんて。

(僕のためにやってくれたのは嬉しいけど……)

准一に申し訳ないし、恥ずかしい。

「それは…その、優太くんが僕を心配してくれて……」

しどろもどろになりながら秋が言うと、准一は思い出すように笑った。

「ああ。随分心配していた。だがきみもきみだ。こういうときはわたしを頼るべきだろう。下宿している二人もいないようだし」

「二人ともバイトで……。でも平気です、これぐらい一人で治せますから」

「また『平気です』か？　そうやってなんでも一人で抱え込むな」

「！」

思いがけない言葉に、息を呑む。

顔を隠すようにしていた布団をそっと捲られたかと思うと、間近から見つめられ、優しく髪を撫でられる。息を詰めた秋の耳に、准一の柔らかな声が流れ込んできた。

「きみが頑張りやなのは知っているし、わたしもきみに助けられている。だが、だからこそ、わたしのことも頼って欲しいんだ」

「……」

「確かにわたしは甘えやすいタイプではないと思うし、家族でもないから頼りづらいのかもしれないが…なんというか、側にいるのに頼ってもらえないことがもどかしくて……」

その声は、優しいがどこか辛そうだ。

引き寄せられるように見つめると、准一は小さく苦笑した。

「とにかく、今は寝ていろ。そしてわたしを頼れ。食事は？」

「え……」

「食べたか？」

「あ…まだ……です。ばあちゃんが作ってくれてはいるんですけど……」

「食欲がない、か」

「すみません」

「謝ることじゃない」

そして准一は「少し待っていろ」と言い置くと、部屋を出て行く。

ドアが閉まると、秋ははーっと息をついた。

頬が熱い。息も熱い。なんだか熱が上がってしまった気がする。

いっそ眠れればいいのに、准一が戻ってくると思うと眠れない。

寝ぼけて変なことを言ったりしていないだろうか。

不安のまま、何度も寝返りを打つ。次の瞬間、秋ははっと息を呑んだ。

(さっき…確か守宮さん、僕のこと「秋」って……)

思い出した途端、ますます頬が熱を持つ。

(う、うわ……)

恥ずかしさに身悶《みもだ》えしてしまう。名前を呼ばれることがこんなに恥ずかしくて、そわそわして、ドキドキして――嬉しいことだなんて思わなかった。

指先が、頭の芯がじんわりと甘く痺れるようだ。

さっきよりも熱の籠《こ》もった息を零しながら准一の声を反芻《はんすう》していると、

「待たせたな」

十分ほど経って、彼が戻ってきた。

手には、コンビニの袋だ。彼は脱いだ上着を椅子にかけ、机の上に袋を置くと、中身を一つ一つ取り出した。

「喉ごしの良さそうなものを買ってきた。固形物は無理でも、こういう野菜ジュースなら大丈夫じゃないか？」

「あ…ありがとうございます」

「起きられるか」

「は、はい……あ――」

頷いて起きかけたが、ぐらりと身体が傾ぐ。その途端、さっと准一の腕が伸びてきた。

「わたしによりかかるといい」

ベッドの端に腰を下ろした准一に抱きかかえられ、心臓が跳ねる。

「だ、大丈夫です」

咄嗟《とっさ》に逃げようとしたが、「こういうときは言うとおりにしろ」と諭され、仕方なく秋はされるまま准一に身体を預けた。

出かけていたからか、彼のシャツは少しひんやりと冷たい。だがその冷たさが火照《ほて》った身体に心地いい。

小さなパックに入った野菜ジュースを受け取り、飲むと、それは心地よく喉を落ちていく。

はーっと息をつくと、

「飲めたみたいだな」

准一がほっとしたように笑った。

「良かった。その調子で、少し何か食べられるか？　おばあさまが作ってくれているというお粥はどうだ」

「そう…ですね」

ジュースで喉が潤ったことで、食欲が出てきた気がする。

すると准一は「持ってこよう」と再び部屋を出て行く。そしてすぐに、お粥の入った椀の載った盆を持って戻ってきた。

膝の上に載せてくれたお盆の上のレンゲを取ろうとすると、

「わたしがやろう」

それより早く、准一が取る。

びっくりする秋の目の前に、レンゲに掬《すく》われたお粥が差し出された。

「い、いいです。僕、一人で――」

「いいから食べろ」

「……」

「最初の一口ぐらいは看病させてくれ」

繰り返し言われ、秋は困惑しつつもおずおずと口を開く。

そっと食べると、熱すぎないお粥はちょうどいい塩加減だ。

（美味しい）

思わず胸の中で呟くと、それが表情に出たのだろうか。准一も嬉しそうに頷く。

そして渡されたレンゲで、秋はお粥を食べ始めた。

祖母の手作りのお粥は、身体も心も温かく和らげてくれる。

だが准一にじっと見られているせいか、ただお粥を食べるだけのことが、なんだか上手くいかない。掬い方も食べ方もぎこちなくなってしまって、それがなおさら恥ずかしい。

それでもなんとか食べ終えたものの、緊張がまだ続いていたせいか、さっき飲んでいた野菜ジュースを飲み干そうとしたときむせてしまった。

「っ……ゴホッ……」

「!? 大丈夫か!?」

「は、はい……すみませ……っ」

恥ずかしさに真っ赤になりながら口元を拭おうとすると、それより早く准一の指が口元に触れる。

秋はますます顔が熱くなるのを感じた。

それに、気がつけばなんだか寄りかかっているというよりも抱き締められているようだ。

離れなければと思うけれど、広い胸に包まれていると安心できて心地よくて、離れられない。

それどころか、ずっとこのままでいたいと思ってしまうほどだ。

熱のせいで、どうかしているんだろうか？

そっと准一を見つめると、彼もじっと秋を見つめてくる。

胸が苦しいのに視線が外せない。准一の唇が何か言おうとするかのように微かに動く。

が、そのとき。

「あき、だいじょうぶ？」

廊下から、優太の声がした。

秋は大慌てで准一から身体を離すと、「大丈夫だよ」と微笑む。

優太は、秋の言葉を覚えているのか、部屋には入ってこない。開いたドアの陰からこちらを窺いながら、「ほんとう？」と首を傾げる。

まだ不安そうな優太に秋が声を掛けかけた寸前、

「わたしがついているから、大丈夫だ」

それより早く、准一が言った。

「今夜はわたしがずっとついている。だから大丈夫だ」

その言葉に秋は驚いたが、准一は笑顔で優太に頷いている。

本当に、ずっとついているつもりのようだ。

その証拠に、優太が「よかった」と笑って祖母のところに戻っても、准一は部屋から出て行かない。

（ど、どうしよう……）

秋は狼狽を隠せなかった。

本当に――本当にずっとここにいるのだろうか。

一晩中、ついていてくれるつもりなのだろうか？

（どうしよう……）

そんなことをされると、眠れなくなりそうだ。

だが断る言葉も思い浮かばず困っていると、

「そうだ」

准一が何か思い出したように言う。

そして秋の勉強机の椅子にかけていたスーツの上着を取ると、ポケットから何かを取り出す。

「こんなときになんだが、見かけたからもらってきた。もう持っているかもしれないが……」

渡されたそれは、世田谷区が主催のフォトコンテストのチラシだった。

秋も既に持っているものだ。だが――。秋は受け取ったそれから、しばらく目が離せなかった。

写真の話を、確かに准一にした。コンテストに出したいと思っていることも。

けれどまさか、わざわざこれを持ってきてくれるなんて。

(本当に――ちゃんと僕のことを考えてくれてたんだ……)

その場限りに話を合わせただけじゃなく、それからも気にしてくれていたのだ。

忙しいのに。

わざわざ自分のことを。

「っ……」

そう思うと、嬉しさが胸に込み上げ、熱いものが突き上げてくる。

止める間もなく目に涙が滲む。それを拭うと、泣いている秋に気付いた准一が慌てた声を上げた。

「ど、どうした。大丈夫か？　具合が悪くなったのか？」

「なんでもないです」

「いや、だが……」

声が狼狽えている。

「おばあさまを呼んでこよう」

准一は踵を返したが、

「行かないで下さい」

秋は咄嗟に声を上げていた。

准一の足が止まる。

彼は振り返ると、驚いた顔を見せたものの、ゆっくりと戻ってくる。

「どこにも、行かないで下さい」

俯いたまま、秋は繰り返す。涙が、ぱたぱたと布団に落ちた。

声が震えてしまう。だめだと思うのに、震えてしまう。

するとややあって、ベッドの端が軽く沈んだかと思うと、そっと抱き締められた。

「泣かないでくれ」

耳に流れ込んでくる声は、困惑の色を滲ませた優しい声だった。

「きみにそんな風に泣かれると、わたしの胸まで痛くなる。どうすればいいのかわからなくなって…苦しくなる……」

そしてじっと見つめてくる双眸は、見ているだけで切なくなるような光を湛《たた》えている。

見つめ返すと、准一は苦しそうに微かに目を眇める。刹那《せつな》、彼がそれまで以上に男っぽくセクシーに感じられ、秋は息を呑んだ。

彼はこんな貌の人だっただろうか？　知っていた人なのにまるで知らない人のようにも思える。

肌を震わせるほどの色香を纏《まと》う彼に抱き締められ、指一本動かせなくなる。

息を詰めたまま見つめていると、背に回された腕に力が籠もり、ゆっくりと顔が近付く気配がする。

（え……）

思わず竦んでしまうと、次の瞬間、准一の腕からふっと力が抜ける。

纏う気配も今までの彼らしいそれらに戻り、優しく背中を撫でられる。

その夜、准一は秋が寝付くまで、ずっと手を握っていてくれたけれど、秋はなかなか眠れなかった。

◆

しかし准一が気遣ってくれたおかげだろう。翌日、秋は食事も普通のものを食べることができ、大人しくしていれば寝ていなくても大丈夫なところまで回復した。

大事を取って学校は休んだが、食べるものはもう普通のものでも大丈夫になった。

祖母の話し相手をしつつ、ゆっくりと半日を過ごして夕方を迎えると、ふと思い立ち、今まで撮った写真を押し入れから出して眺めてみる。

子供のころから撮り貯めている写真は、アルバムにして十冊ほどだ。

こうして改めて見てみると、今までのものも、悪くはないと思う。思い入れのあるもののもあるし、コンテストに出してみんなに見てもらいたいものもある。

けれど、せっかくコンテストに出すなら、やはり新しいものを撮りたい。

まだ出すかどうか決心できていないが、祖母も応援してくれるようだし、境も協力してくれると言うから、出すなら本気でやらなければと思っている。

（どんな写真を撮ろうかな……）

昔の写真を眺めつつ、これから撮りたい写真について思いを馳せていると、

「あき、ただいま！　はいっていい？」

幼稚園から帰ってきた優太が、廊下から覗いて言う。

「いいよ」

笑顔で応えると、「やった！」と、優太はぴょん、と跳ねるようにして入ってきた。

「うわあ」

そして、秋が床に広げていたアルバムに目を輝かせると、そこにある一枚の写真を指した。

「すごーい！　これどこ？」

「砧《きぬた》公園だよ。公園の桜」

「これは？」

「これは等々力《とどろき》渓谷だったかなあ……」

「これは？」

「これは…父さんと海に行ったときかな。確か千葉の方」

次々と尋ねてくる声に一つ一つ答えているると、優太は「すごいね！」と興奮した口調で言った。

「すごいね！　あきのしゃしんいっぱいだね！　ねえ、ぼくのしゃしんはある？」

「優太くんの？　ええと…この間少し撮ったけど…でもまだプリントしてないかな」

「えーしてよー」

床にぺたんと座った格好で、全身で嫌々をするように首を振る優太に、秋は苦笑した。

「わかった。じゃあ、あとでしておくね」

「やったー！　でも、もっととっていいよ！」

「あはは。ありがとう」

無邪気な優太の言葉に、秋は心が和むのを感じる。

するとそのとき、玄関のインターフォンが鳴った。

出ようかと腰を上げて部屋を出たが、どうやら祖母が応対してくれているようだ。

ゆっくりと階段を降りて行くと、それに気付いた祖母が振り返る。

「ああ、秋、ちょっといいかね」

「う、うん」

近付いていくと、玄関には一人の男の人が立っていた。綺麗な白髪にスーツ姿の痩《や》せた人で、歳は父親よりも少し上ぐらいだろうか。優太の父親と同じぐらいだ。

押し売りかセールスかと一瞬身構えたが、目が合うとふっと微笑まれ、秋は慌ててしまった。

「ええと……ばあちゃん、こちらの人は……」

秋が尋ねると、祖母はその男から渡されたと覚しき名刺を秋に渡してきた。そこには、【モリミヤ】という会社の名前と【常務】という肩書き。そして『綿貫始《わたぬきはじめ》』という名前が書かれている。

祖母の声が続く。

「守宮さんの会社の人らしいのよ。それでね、何か荷物を持ってきてくれたらしいんだけど、ばあちゃんじゃ運べなくて」

あとは任せていいかねえ、と言うと、茶の間に戻って行く。

残された秋に、綿貫はにっこり笑うと、「きみが百山秋くん、か」と話しかけてきた。

初対面なのに、と戸惑う秋に、綿貫はますます笑みを深め、

「准一くんから何度か名前を聞いているよ。おっと、まだ仕事時間中だし『准一くん』はまずいかな。社長から――だな」

「守宮さんから？」

どうして彼がこの人に自分の名前を？

驚く秋に綿貫は微笑むと、「荷物は外なんだよ」と玄関の戸を開けて外へ出て行く。

戸惑いつつも秋も続くと、家の前に一台の車が止まっている。黒塗りの大きな車だ。運転手もいる。

驚く秋の前で綿貫は後部座席を開けると、「これを届けに来たんだよ」と中にある一つの段ボール箱を指した。

「保管していた資料なんだが、社長が必要だというのでね」

そして綿貫は、秋を見つめて続けた。

「わたしは彼のお父さんと一緒に仕事をしていたから、昔から准い…社長とも知り合いで、彼が家を出たあとも折に触れてやりとりをしていたんだ。彼にすれば迷惑だったかもしれないが、わたしは彼を気に入っていたからね。だから彼の父親があんな風に急に亡くなったあとは、わたしが彼を説得して社長を継いでもらったんだよ」

思い出すように、綿貫は言う。

「ただ、彼は昔からどうにも人付き合いが上手くなくて……。だから優太くんを引き取ると聞いたときも心配していたんだ。仕事が変わったばかりで負担も大きいのに、今まで会っていなかった義弟を引き取るなんて大丈夫だろうか、とね。実際、彼も悩んでいたし、辛そうだった。だが——」

そこでふっと言葉を切ると、綿貫は目を細めて微笑んだ。

「いつからか、ちょっと表情が変わってきた。余裕が出てきたというか…まあそんな感じなんだがね。仕事は相変わらず色々とあって、彼も大変なことには変わりないんだが、それでも以前とは雰囲気が違うように感じられたんだ。それで話を聞いてみたら、きみの名前が出てきたというわけだよ。世話になっている、と言っていた。なんでも自分でやる彼にしては珍しい様子だったな。それでずっと名前を覚えていたんだ」

「……」

「まさか今日会えるとは思ってなかったが、会えて良かった。どんな人物なのか見ておきたかったからね」

「ぼ、僕はその…ただここに住んでる高校生で……別に、特に何も……」

父親よりも年上の、しかも偉そうな人にそんな風に言われ、秋はとんでもない、と頭を振った。

それに、准一がこの人そんな風に話をしていたなんて思わなかった。

だが、綿貫はにっこり微笑んだままだ。

秋はなんだか無性に恥ずかしくて、それを誤魔化すように「荷物、持って行きます」と早口に言うと、車に上体を突っ込み、座席の上にあるみかん箱ほどの箱を持ち上げる。

そのまま玄関まで運んでしまうと、その背に、「ありがとう」と、綿貫の声がした。

「わたしももうあまり重たいものは持てなくてね。助かったよ。でも社長にはあまり無理をしないように言っておいてくれ」

続いた声は、苦笑混じりの冗談とも本気ともつかないものだ。

「仕事、やっぱり大変なんですね……」

気になって秋は尋ねた。

准一は今も家で遅くまで仕事をしている。それだけでも大変なはずなのに、さらにこの箱いっぱいの資料が必要になるなんて。

すると綿貫は一層苦笑して「そうだな」と頷いた。

「正しいことやいいことをしようとしても、新参者だからというだけでなかなか上手く行かないこともある。普通にやれば一日で終わるはずの仕事も、対立する相手を説得してからとなれば、その何倍も時間がかかることもある。そうなれば心身両面で大変だ」

「……」

やはり、准一は業務以外のことで問題を抱えているようだ。

秋が思わず顔を曇らせたとき。

「だからこれからも、社長を支えてあげてくれ」

そんな秋の肩を、綿貫はぽんと叩いて言った。驚く秋に、彼は続ける。

「わたしがこんなことを頼んだのは内緒だよ。でも支えてあげてもらいたい。特別な何かをすることはないんだ。普通に…本当に普通に話すだけでほっとすることもある」

つまり、准一は普通に話すことも難しいときがあるということなんだろうか。仕事では、職場ではそんなに辛いときが。

秋が尋ねるように見つめると、綿貫は小さく頷く。そして「よろしく頼むよ」と微笑むと、車に乗って帰っていく。

秋の胸の中で綿貫の言葉が巡り続けていた。

◆

するとその夜、

「――ちょっといいだろうか」

もう寝ようとしていたとき、ノックの音がしたかと思うと、准一の声がした。

「なんですか?」

秋がドアを開けると、そこにいた准一は「今帰ったばかり」という格好だ。疲れた様子だが、だからなのかどことなく艶《なま》めかしい。

目が合うと、彼はふっと微笑んだ。

「今日、綿貫が来たらしいな。部屋の前の廊下に荷物があった。運んでくれたんだろう?重かっただろうに、ありがとう」

「いえ。そんなに大したことじゃ……」

丁寧なお礼の言葉に、秋は恐縮しつつ首を振る。すると准一は微笑んだまま、しかし少し間を開け、どこか改まったように続けた。

「それで、こっちが本題なんだが……」

「は、はい」

「週末、一緒に出かけないか」

「え……」

「気分転換に、ちょっと遠出しようと思っているんだ。それで、良ければきみも一緒にと思って」

「え、えと……守宮さんと優太くんと、僕とでどこかへ、ですか？」

「いや、二人でだ。優太には留守番していてもらうつもりだ」

「ふた…り……？」

「ああ。わたしの気分転換ときみの慰労と……あとは、写真のためにもなるんじゃないかと思って」

「そんな、そんなに気にしないで下さい」

秋は両手と首を振って断ろうとする。

そんなに気を遣われると、却って恐縮してしまう。それに、准一と二人なんて、何を話せばいいのかわからないし、どんな顔をしていればいいのかわからない。

だが准一は引いてくれない。

「一人で行ってもつまらない。付き合ってくれ」

「……」

「それとも、誰か別の相手と先約があるか？　クラスの子や…彼女とか」

「か、彼女なんていません！」

咄嗟に大きな声を上げてしまい、直後、秋は赤面した。

（そんなに大きな声で言うようなことじゃないのに……）

だが准一に誤解されるのは嫌だったのだ。

すると彼は小さく苦笑し、「それなら一緒に行こう。頼む」と重ねて誘ってくる。

「そんな、守宮さんが僕に『頼む』なんて……」

秋は戸惑ったが、准一は真剣な顔だ。

「わたしの身勝手できみを誘うんだ。『頼む』と言うのが当然だろう」

そしてじっと見つめてくる准一を少しの間見つめ返すと、やがて、秋は「わかりました」と頷く。

綿貫の「普通に話すだけでほっとすることもある」という言葉ではないが、話し相手がいる方が気分転換になることもあるだろう。彼が望むなら――自分で役に立てるなら一緒に行こう。

二人で出かけるなんて予想もしていなかったから不安もあるが、それよりも彼のためにという想いが勝る。だが同時に、胸はドキドキして止まらなかった。

◆

「うわ……綺麗ですね……」

准一の運転で出発してから、約二時間。

辿り着いたそこは、関東近郊の名の知られた湖の畔《ほとり》だった。

紅葉が映り込んだ水面は、鏡に描かれた絵画のように美しく、そのせいか、辺りには写真を撮っている人や絵を描いている人が何人もいる。

デートでやって来たと思《おぼ》しきカップルもだ。

手を繋いで湖を眺め、時折笑顔で言葉を交わしているカップルの笑い声が、風に乗って途切れ途切れに聞こえてくる。知らず知らずのうちに頬が熱くなるのを感じていると、

「天気が良くて良かった」

傍らに立つ准一が、ぽつりと呟くように言った。

思わず見ると、こちらを向いていた准一と目が合う。彼はにっこりと笑った。

「せっかくなら、綺麗なところを見せたかったからな、きみに」

「は——はい。凄く綺麗ですよね。守宮さんは、よくここに？」

普段よりもリラックスしているように感じられる准一の笑顔に胸が高鳴るのを感じながら、秋は尋ねた。

今日の准一はいつものスーツ姿ではなく、シャツにジャケット、スラックスという格好だ。外出用の普段着、という気負ったところのないいでたちだが、スタイルがよく姿勢もいい彼が着ていると、シンプルでも目が引き寄せられる。

すると准一は少し考え、「そうだな」と頷いた。

「よく…と言うほどじゃないが、何度か来てる。初めて来たのは学生のころなんだが、いいところだと思って…時間のあるときはここまで足を伸ばしてる」

「そうだったんですか」

そんなところに自分を…と感激を噛み締める秋の耳に、准一の声は続く。

「わたしはあまり趣味がないし流行に詳しいわけでもないから、派手で華やかな場所には詳しくない。だがここは来ると落ち着くし、季節の移り変わりもよくわかるから、好きなところだ。きみが写真を撮る場所にもいいんじゃないかと思った。もちろん、無理に撮れと言う気はない。ここで撮ったものを応募しろと言う気もないし……。ただ、きみと見たかっただけだ」

「！」

きみと、という言葉に心臓が跳ねる。

准一は特に深い意味があって言っているわけじゃないだろう。けれどそうとわかっていても、速くなってしまう鼓動を止められない。

秋はそれを隠すようにカメラを持つと、准一から離れるようにして写真を撮り始めた。

水辺だからか、シャツとスラックスだけでは少し冷えるが、どこを見ても心惹かれ、シャッターを押す指が止まらない。

（今まで紅葉ってあんまり撮ってなかったけど…じっくり見てみると綺麗だな……）

歩きながら思いつくままにシャッターを切っていると、覗いたファインダーの端を准一の姿が過る。

カメラから顔を離し、そっと窺えば、彼は静かに湖を見つめている。

その横顔は相変わらず端整だが、何か思案しているようにも見える。

（仕事、大変なのかな……。それとも優太くんのこと……？）

秋はじっと彼を見つめると、その姿を思わずカメラに収めた。

盗み撮りなんかしちゃだめだということはわかっているけれど、紅葉をバックに水辺に佇《たたず》む彼の姿はあまりに印象的だ。

秋は秘密を抱えたことにドキドキする胸を感じながら、再び風景の撮影に戻る。

それからどのくらい過ぎただろうか。

「そろそろ昼食にするか？」

声が聞こえたかと思うと、准一が近付いてくる。

秋はカメラを下ろすと、「はい」と頷く。しかしそのとき、

「っくしゅん……！」

くしゃみが出てしまった。

思っていた以上に身体が冷えていたらしい。

「大丈夫か？」

すると、准一は気遣うように眉を寄せてそう言ったかと思うと、自分が着ている上着を脱ぎ、秋に着せかけてくれる。

「っ…だ、大丈夫です」

赤くなりながら急いで脱ごうとしたが、「着ておけ」と押しとどめられた。

しかも「気付かなくてすまなかった」と謝られてしまえば、秋は上着を着せかけられたままでいるしかない。

肩に掛けられた上着からはふわりと准一の香りが漂い、まるで抱き締められているようだ。

普通にしていなければと思っていても、ドギマギしてしまう自分を知られたくなくて、

秋はつい俯きがちになってしまう。すると、

「何か食べたいものは？」

そんな秋の顔を覗き込むようにして准一が尋ねてきた。

「調べたところだと、この辺りにもいくつか食事のできる店があるらしい。イタリアンとフレンチと……あとはちょっとしたカフェだったか。きみの希望するところに行こうと思っているんだが」

「僕は……」

秋は言いかけ、言い淀《よど》む。

昼食については話しておきたいことがある。でも、言っていいんだろうか？

悩んでいると、准一が首を傾げるのが見える。秋は思い切って言った。

「あ、あの」

「ん？」

「その、ごはんなんですけど、実は僕、おにぎりを作ってきてて……」

「そうなのか？」

途端、准一はぱっと顔を輝かせる。

秋は慌てて言葉を継いだ。

「で、でも本当におにぎりだけなんです。しかも塩むすびで……。だから守宮さんが行き

たいお店があれば——」

「何を言ってるんだ。どんな店のどんな料理より、きみが作ってくれたおにぎりの方がいいに決まってる。でも凄いな、朝作ってくれたのか？」

「は——はい。朝ご飯を作るついでに。なんとなく、あった方がいいかな、って。それに、連れて行ってもらうんですから何かお礼がしたくて。でも余計なことだったなら——」

「そんなわけがない。嬉しいさ。車に置いてるのか？　なら、飲み物を買って車で食べよう。お茶でいいか？」

「は、はい」

「わかった」

するとと准一は少し離れたところに置かれている自動販売機で飲み物を買い、秋を誘うようにして車に戻る。

秋が鞄《かばん》からおにぎりを出すと、彼は相好《そうごう》を崩しながら受け取ってくれた。

「ありがとう。わざわざ作ってくれたんだな」

そして一口食べると、ますます笑みを深めた。

「うん、美味い」

「そうですか？　よかったです」

「塩加減がちょうどいい。それに、誰かが自分のために作ってくれたのは嬉しいものだな

「……」

准一は目を細めると、しみじみ言う。

また一口食べると、静かに続けた。

「以前も話したが、わたしは子供のころから家に他人が入るのがあまり好きじゃなかったんだ。だから母を亡くしてからは、ほとんど一人で家のことをやっていた。父は仕事ばかりだったからな。勉強をして掃除をして洗濯をして……広い家だから時間がかかる。だから食事にまで気を回す余裕なんかなくて、毎日適当なものばかり食べていた。家を出てからも似たようなものだ。お金がないときは食事は後回しだったし、働き始めてからは忙しさのせいでまた後回し……。今までは、朝食は食べずに昼食は外食か弁当、夜も外食かせいぜい出来合いの総菜を買って帰るぐらいだったから、料理なんてそんなものかと思っていたが……きみの家でおばあさまや優太や下宿している人たちと一緒に食べるようになって、食事を美味しいと感じるようになった」

そう言うと、准一は柔らかく笑み、

「ありがとう」

秋を見つめ、噛み締めるような声音で言う。

その笑顔と声音に、秋は胸がいっぱいになるのを感じた。

自分の方こそ「ありがとう」だ。

喜んでくれて、今日もここへ連れてきてくれて、気にかけてくれた。

自分はといえば、彼への憧れとも恋ともつかない感情に振り回されて、戸惑って、混乱して、彼を避けて彼に嫌な思いをさせてばかりだったのに。

早く出て行った方がいいのかもしれないと彼に思わせてしまうほど、彼を悩ませてしまったのに。

秋は准一を見つめ返しながら、胸の中でひっそりと決める。

コンテストに、応募しよう。勇気を出して。

そして応募したら、彼に告白しよう。自分の気持ちを誤魔化すのではなく、隠すのではなく、彼に伝えよう。そして潔くふられよう――と。

◆

しかしその帰り道。

「百山くん」

そろそろ都内に入ろうかというところで、准一が不意に呼びかけてきた。

それまでも、写真のことや秋の学校のこと、勉強のこと、准一の学生生活のことなど、車内でとりとめなく話はしていたのだが、それまでとは少し違う改まったような声音だ。

しかも以前一度そう呼んでくれたような「秋」という呼び方ではなく、今までのような「百山くん」という呼び方だ。

（あれは、あのときだけのことだったのかな……。間違えたとか？）

距離を感じるその呼び方にほっとしつつ、しかし心のどこかではがっかりしつつも、それは表に出さないように注意して、秋は「なんですか？」と運転席を見つめる。

すると准一は前を向いたまま続けた。

「もし良かったら、このままわたしのマンションに行っていいだろうか」

「え……」

思いがけない話だ。目を瞬かせる秋に、准一は「そんなに時間は取らせない」と続ける。

秋は居ずまいを正した。

「お仕事、ですか？　だったら僕のことは気にしないで下さい。どこか途中で降ろしてもらえれば一人で帰って――」

「いや、仕事じゃない」

すると、准一は首を振った。

「仕事のことじゃなくて、私用というか……。一度きみを招待していた方がいいんじゃないかと思ったんだ。きみの家に世話になりっぱなしなのに、わたしの家には招いていないし、優太が暮らすところを見ておいてもらった方がいいんじゃないかと思って」

「……」

「足りないものがあれば、揃えたいと思う。子供向けのものなどわからないから、良ければ少しアドバイスでも、と思ったんだが」

「……」

秋はその言葉に戸惑わずにいられなかった。

（守宮さんのマンション……）

その場所に興味がないと言えば嘘になる。彼がどんな暮らしをしているのか知りたい気持ちはとてもある。

けれど、彼は無理をしているんじゃないだろうか。部屋に人を入れるのは嫌だと言っていたのに。

秋は少し考えると、言葉を選びながら言った。

「優太くんがこれから住むところなら、見たい気持ちはあります。以前の部屋の様子も少しは覚えているので、似た感じにした方がいいのかもしれませんし……。でも……」

「でも？」

「でも、僕なんかが行っていいんですか？」

そっと尋ねると、准一は微かに眉を上げた。

「どういう意味だ？」

「ご迷惑じゃないかと、思って……。守宮さんは、家に人が入るのが嫌だ、っておっしゃっていましたし……」

するると、准一はふっと黙る。

ああやっぱり、と秋が思ったそのときだった。

「確かに嫌だ。だがきみのことは嫌じゃない」

准一は、当然のような口調でさらりと言った。

「自分でも不思議だが…きみとは一緒に食事をしたり、部屋を借りている形とはいえ既に一緒に住んでいるからかもしれないな。家に来られても嫌だという気がしないんだ。いや、むしろ来て欲しいと思っている。だから誘ったんだ」

「え…な、なんで……」

「なぜだろうな。自分でもよくわからない。だが、これだけは言える。わたしは迷惑じゃない」

しっかりとした声で言われ、一層戸惑ってしまう。けれどさっきの戸惑いとは違う戸惑いだ。

准一にそんな風に言われるとは思っていなかった。そんな、まるでとても信頼されているような言葉を言われるなんて。

妙にそわそわしてしまいそうになる自分をなんとか我慢すると、

「わかりました」

秋は答えた。

「おじゃまします」

そう付け加えると、准一は嬉しそうに笑った。

着いたマンションは、家賃が高そうな場所にある瀟洒《しょうしゃ》なマンションだった。

三階建てと四階建てが組み合わさっているような形で、准一の部屋は四階。その端の部屋だ。

「おじゃましまーす……」

どうぞ、と開かれたドア。

ドキドキしながら一歩入ると、そこはまるでモデルルームのような部屋だった。全体が白で統一され、しかも物が少ないせいだろう。モダンで清潔感がある。だが、綺麗すぎてなんとなく冷たい雰囲気だ。リビングにはソファとテレビとキャビネットだけ。寝室は別なのだろう。

優太のための部屋は…考えていると、「こっちだ」と一つのドアが開けられる。そこは日当たりのいい、まだベッド以外には何もない部屋だった。

「一緒に住むようになったら少しずつ揃えようと思っていたんだが…あんなことになってしまったからな」

優太が幼稚園から逃げ出したあの日のことを思い出しているのだろう。

苦笑しながら准一は言う。秋は部屋の窓から外を眺めた。

マンションの敷地の庭が見える。そして東京の街が。

高台にあるからか、見晴らしがいい。住みやすそうなマンション、そして部屋だ。

「まずは、色んなものを収納するためのものが必要ですよね。服はクロゼットとして…玩具《おもちゃ》をしまっておくための箱とか」

「箱?」

「いわゆるおもちゃ箱です。あとは部屋に絨毯《じゅうたん》かラグを敷いて…転んでもあまり痛くないようにしませんか? フローリングよりその方がいい気がしますけど、掃除をしやすいのはフローリングの方なので、そこは色々比べてからでもいいかもしれません」

「なるほど…床、か」

「はい。あとは小さなテーブルがあるといいかもしれません。前の部屋にはあったんです。お絵かきできるテーブルが」

「リビングのテーブルでは駄目か?」

「自分の部屋でやりたいときもあると思うので……。でもずっと一緒にいるのもいいかもしれませんよ。部屋は小学生になってからで、それまでは二人でリビングで過ごすのも」

「二人でリビングか……それはわたしの仕事が……。だが優太は寝るのが早いし、わたしの仕事は夜にやれば……」

秋のアドバイスを聞きながら、准一は神妙な面持ちでぶつぶつ呟く。真面目に考えている様子に、秋は嬉しくなった。

自分の言葉を聞いてくれるのも嬉しいし、優太のことを真剣に考えているのも伝わってくるから。

すると、准一が「そうだ」と思い立ったように言った。

「それ以前に、こっちが優太の部屋でいいだろうか。もう一つの部屋をわたしの部屋にしているんだが、そっちの方が落ち着くとか…以前の部屋に似ているということはないだろうか」

そして優太の部屋を出ると、もう一つの部屋のドアを開ける。

そこはさっきよりも広い部屋だが、位置の関係か少し暗い。秋は准一に続いて部屋に入り、それを確かめると、「さっきの部屋の方がいいですよ」と助言した。

「まだそんなに広い部屋は必要ないですし、日当たりのいい部屋の方がいいと思います」

「そうか。良かった」

秋の言葉に満足したように頷く准一は、すっかり兄の顔だ。

この調子なら、優太と二人で住み始めてももう大丈夫だろう。

だが、それを考えると、秋の胸はぎゅっと軋む気がした。

この部屋にいると、彼が自分とはまったく立場の違う人で、やがて彼がいなくなってしまうことがひしひしと伝わってきてしまう。

それは当然のことで、むしろ喜ぶべきことなのに、今日のように二人で出かけたりすることはもうないのだろうと思うと、寂しさに胸が詰まる。

思わず俯いてしまっていると、

「ありがとう。色々と参考になった。そうだ、お茶でも出そう」

その耳に、准一の声が届く。

だが秋は俯いたまま動けなかった。

准一の部屋に来られて、嬉しいのに、悲しい。苦しい。

彼に信頼されて、彼の生活を垣間見られたことは嬉しいのに、もう二度とここへ来ることはないのだろうと思うと、切なくなる。

彼と離れるときが迫っているのだと思うと、悲しくなる。

「……百山くん？」

動かなくなった秋を不審に思ったのだろう。

准一が顔を覗き込むようにして尋ねてくる。

「すみません、なんでもないです」

慌てて、秋は首を振ったが声が震えてしまう。

こんなことで泣くなんて自分でも変だと思うのに、目の奥が熱い。

泣くと、准一を困らせてしまうとわかっているのに。

「……すみません、あの、僕帰ります」

泣き顔を見られたくなくて、秋は一人で部屋をあとにしようとする。

しかし次の瞬間。

「――秋！」

名前を呼ばれ、腕を掴まれる。

思わず振り解こうとした寸前、引き寄せられ、ぎゅっと抱き締められた。

「！」

「また…わたしは何かしてしまったか？」

驚きに息が止まった秋の耳に、掠れた准一の声が届く。秋は慌てて頭を振った。

「何も…何もしてません。僕のせいなんです」

「……秋……百山くん？」

「僕が…勝手に……」

名前を呼ばれると、それだけで堪らなく嬉しい。准一に名前を呼ばれると、それだけで。

でも――。だから、名前で呼んで欲しくない。

嬉しくて一人で舞い上がってドキドキして、それが恥ずかしくて情けないから。

「すみません……」

秋は声を押し出すと、准一から離れようと、そっと彼の胸を押し返す。

背中に回されていた腕は解けたが、准一は秋を見つめたまま視線を外そうとしない。

その唇が、静かに動いた。

「何もしていないということはないだろう。きみは何もないのにあんな態度をとる子じゃない」

「……」

「無理にここへ連れてきたことが不愉快だったか？　それとも、今日の遠出自体が——」

「そんなことありません！」

秋は首を振る。だが准一は眉を寄せた表情のままだ。

「だがわたしときみとではかなり年が違う。断りにくかったんじゃないのか？　本当は嫌だと思っていても」

「そんなこと……」

「年が離れていれば、興味の対象も違うだろう。父と義母のように上手くいく方が稀《まれ》だ。だいたい、わたしは父のそうしたところを嫌って家を出たはずなのに何をやっているのか——」

「守宮さん……？」

最後の方は早口の独り言のようになっている守宮の声に、秋は思わず首を傾げる。

はっと息を呑んだ音が聞こえたかと思うと、准一は再び——今度はさっきよりも辛そうな熱の籠もった双眸で見つめてくる。

見つめられているだけなのに、胸の奥まで覗かれている気がする。一層ドキドキして、息が苦しくなる。

（守宮……さん？）

何か訴えてくるかのような——同時に何かに耐えているような瞳から目が離せず、固唾《かたず》を呑んでいると、准一の指が頬に触れる。

そっと撫でられ、肌が粟立《あわだ》った。くすぐったさに似た、けれどそれとは違う灼《や》けるような感覚が、触れられた部分に、そして胸の奥の深い部分にチリリと走る。

心臓の音が、やけに大きい。

准一にまで聞こえてしまいそうだ。

動揺し、混乱する秋の目に映るのは、普段と違う、どこか苦しそうな、しかしいつもより精悍《せいかん》さと色香を増した「男」の貌をした准一の双眸だ。

（この顔……）

以前も見たことがある、と秋が思ったとき。

頬を撫でていた指が、するりと頤《おとがい》にかかる。

甘酸っぱいような感覚が胸に満ち、思わず息を詰めた次の瞬間――。

「きみは……わたしよりもずっと――」

微かな呟きを零したかと思うと、准一はぎゅっと唇を噛む。

次いで静かに指を離したかと思うと、

「家に帰ろう」

その指を握り締めるようにしながら言い、秋に背を向けて玄関へ向かう。

秋はその後を追ったものの、胸の奥で、准一の切なげな瞳の残像はしばらく瞬き続けていた。

◆

結局、そのまま帰宅の途についた。

家までの車中でも会話は少なく、それは秋にとってありがたかった反面、気まずさを覚えずにはいられない時間でもあった。

秋は、運転している准一の横顔をちらりと盗み見た。

さっき、彼はどうしてあんな目で自分を見たのだろう。

気のせいかもしれないけれど、ちょっと怖く感じるほど真剣な眼差しだった。

最初は秋の態度に怒ったのかと思ったけれど、見つめられているうちに、それとは少し違う雰囲気が感じられた。

けれどそれがなんなのかはわからないままだ。

(なんだか…今日は色んなことがあったな……)

准一から視線を外し、夕焼け色に染まり始めた空を見ながら、秋は胸の中でひとりごちた。

思いがけず彼に誘われて二人だけで遠出することになって。彼が気に入っているという場所に連れて行ってもらって、そこでたくさん写真を撮って。

(そして……)

秋は湖でのことを思い出し、仄《ほの》かに頬を染めた。

あのとき着せかけてもらった上着は、今は車の後部シートの上にある。ただの服として。

けれどこれから数日は、あのときのことを忘れられないだろう。准一が自分を気遣ってくれて、上着を着せかけてくれたあのときのことを。彼にふわりと包まれ抱き締められたような気がした、あのときのことを。

思い出すと、胸の中に甘酸っぱい想いが満ちる。

「抱き締められたように」どころか、具合を悪くして寝込んでしまったときは本当に准一に抱き締められたはずだ。そしてあの、熱っぽいような視線に晒《さら》され、息もできなくなった。さっきのように。

だがそれでも、あの湖でのこともきっと覚えているだろうと思うのだ。

美しい景色とともに、彼がおにぎりを喜んでくれたことと一緒に。

(多分、もうこんな風に出かけることなんてないんだろうな……)

思い返すたび切なくなる思い出を胸の奥にしまうと、秋は小さく眉を寄せる。

彼の家に行くことも、もうないだろう。優太とともに引っ越すときに手伝いに行くことはあるかもしれないが、おそらくその程度だ。

だとしたら、もっといい思い出が残せるようにすれば良かった。

せっかく准一が誘ってくれたのに、優太のための意見を聞かせて欲しいと言ってくれたのに、ろくな助言もできず泣いてしまって困らせて、慰められてしまうなんて。

秋は、再び准一を見た。

仕事にも優太のことにも真剣で熱心で誠実で……そして自分のことも気にかけてくれる大人の彼。自分とは大違いだ。

自分の気持ちなのにちゃんと把握することもできず、挙げ句、周りの人に迷惑をかけてしまう自分とは。

秋は窓に目を戻すと、准一に気付かれないようにしながら小さく溜息をつく。

今まではそんなこと考えたこともなかったのに、今は、早く大人になりたいな、と思わずにいられなかった。

◆

家へ戻ると、玄関の前の庭で優太がモンと遊んでいた。

目が合うと、優太は「おかえりー！」と、飛びついてくる。

「ただいま。お留守番、ありがとう」

「うん！」

「ただいま。いい子にしてたか」

「してたよ！」

准一と微笑み合う様子は、もうすっかり兄弟だ。

その光景を嬉しく思いつつも、秋はまた寂しさが胸を覆うのを感じずにはいられなかった。彼らが仲良くなるのは嬉しいけれど、それは二人がここから離れる日が近付いていることの証明だ。

運動会も、来週末。彼らがこの家にいるのも、あと十日か二週間ほどだろう。

准一と一緒にいられるのは、そこまでなのだ。

そう思ったとき、

「写真、撮りましょうか。二人の」

秋は思わずそう口にしていた。

准一は戸惑っているようだが、優太は「うん！」と即座に声を上げる。

秋は微笑むと、「ちょっと待ってて」と、鞄からカメラを出す。

しかしそのとき、直前に映した写真がモニターに映り、慌てて、秋はそれを見えないようにした。

数時間前の自分の行動を思い出し、頬が熱くなる。

そこに映し出されたのは、湖の畔に立つ准一の姿だ。

（どうしよう……）

盗み撮りだし、やはり消した方がいいだろうか。

秋は消去のボタンに指をかける。だが、決心がつかない。

准一がいなくなっても、せめてこの写真だけは残しておきたい気がする。二人で――二人きりで出かけた思い出に。

（ごめんなさい、守宮さん……）

秋は胸の中で呟くと、消すのはやめて、写真を撮る設定にボタンを合わせる。

が、そのとき、「きみも一緒に入ってくれ」と、准一から誘われた。

「でも兄弟水入らずで……」

秋は断ろうとしたが、「いいから」と准一に腕を取られる。

「きみとも一緒に写りたいんだ」

「うん！　あきもいっしょにうつろうよ！　モンもいっしょ！」

そして二人に左右から言われれば、断れない。

「……わかりました」

秋はカメラを塀の上にそっと置き、タイマーをセットすると、お座りをしたモンと並んで立つ優太の後ろ、准一の隣に立つ。

シャッターが降りる瞬間、手の甲を掠めるように准一の手が触れる。触れた場所が、燃えるように熱くなった気がした。

◆
◆
◆

「優太くん、唐揚げもう少し食べる？　いっぱい食べてお昼からも頑張らないとね。ごはん食べたらおゆうぎと、優太くんの出るかけっこがあるんだよね？」

「うん！　みんなでね、ポロゴンたいそうおどるの！」

「そっか。楽しみだね」

「あき、ちゃんとしゃしんとってね！」

「うん。あ、ほら優太くん、コップはちゃんと持たなきゃ。斜めにしたら零れちゃうよ。仁井辺さん、ティッシュ取ってもらえますか」

「はいはい」

迎えた運動会当日。園内は、あちこちに園児が作ったと思しき色とりどりの飾りつけがされ、いつもに増して賑やかだ。

午前の競技が終わり、園児たちがそれぞれに家族と昼食を摂る中、秋たちもグラウンドの端に広げたシートの上で、食事を始めていた。

大きな重箱三段に、おにぎりとおかずをいっぱい詰め、祖母に秋、そして今日はバイトが夕方からだという仁井辺とで優太の応援に来たのだ。

午前中は玉入れに綱引きと頑張ったからか、優太は普段にも増して食欲旺盛だ。おにぎりを美味しそうに頬張っては、唐揚げやミートボール、卵焼きをぱくぱく食べている。

その傍らで一緒に食べながら、秋はちらりと時計を見た。

（十二時半か……）

後半が始まるのは午後一時だが、それまでに准一は来るだろうか。

園の門の方へ目を向けたが、それらしい姿はない。

今日、彼は仕事に出かけている。本当なら朝から優太の応援に一緒に来るはずだったのだが、仕事で問題が起こったとのことで、朝早く出て行ったきりなのだ。

『なるべく早く戻ってくる。約束する。必ず戻ってくるから』

准一は優太にそう言っていたが、果たして間に合うだろうか。

優太は健気にも『おしごとならしかたないよね』と言っていたし、元気にごはんを食べているものの、気がつけば彼もきょろきょろしている。きっと准一を捜しているのだろう。

秋は優太のコップに飲み物をつぎ足しながら、元気付けるように言った。

「優太くん、そろそろ守宮さんも来るからね」

「うん……。でもこられるのかな……。おしごとなんだよね。パパもおしごとのときはこられなくて、ぼくとママとふたりだけだったんだ……」

「きっと来てくれるよ」

俯きがちになっている優太を励ますように秋は言う。

「守宮さんだって、優太くんが頑張ってるのを見るのを楽しみにしてるはずだし」

「……うん！」

頷く様子を見ていても、彼が准一を待っていることははっきりわかる。

（早く、来てくれないかな……）

仕事が忙しいことはわかっているけれど、なんとか来て欲しい。

するとき、そろそろごはんを食べ終わろうかとしたとき。

「ゆうたくん、おかしたべない？」

男の子が二人、お菓子片手にやって来る。

「しんじくん！　なおくん！」

途端、優太はぱっと顔を輝かせ、近くにあったお菓子を取る。

「ぼくもあげる！　これ、おいしいんだよ」

「二人とも、ここに座るといいよ。どうぞ」

秋がすすめると、二人は「ありがとうございます」と声を上げ、靴を脱いでシートの上に上がってくる。

三人が顔を付き合わせるようにしてお菓子を分け合い、一緒に食べる様子は可愛らしく、秋の頬もつい綻ぶ。

「写真、撮ってあげようか」

見ているだけでは勿体《もったい》なくて秋がそう声をかけると、

「やった！　とってとって！」

三人は笑顔でＶサインを作る。

写真を撮ると、また三人はおやつを食べながら、今日の運動会の話やアニメの話、ゲームの話を始める。

時折真面目な顔で、そして時折じゃれ合いながら、他愛のない話をしては笑い合っているその様子は、本当に仲のいい友達同士のそれで、優太がこの幼稚園を離れたくない理由がわかるようだ。

そんな光景を間近で見ていると、優太をずっとこの幼稚園に通わせたい気持ちになってくる。

（でも、この運動会が終わったら……）

優太は准一の下に引き取られ、秋の家から去っていくことになる。准一も、もうやって来なくなるのだ。

想像すると寂しくて堪らない。一緒にいると彼に気持ちがばれそうで不安だったけれど、告白しようと腹を括ってからは、彼と一緒にいられる時間がとても貴重に思える。

気持ちを伝えてしまえば、もう会えなくなってしまうだろうから。

だが、休日のはずの今日も仕事に出かけている彼の忙しさを思うと、いつまでもこのままというわけにはいかないだろう。優太も准一に慣れたようだし、准一のマンションに二人で住むのが自然な流れだ。

そうしているとほどなく、集合の放送が聞こえる。途端、三人は一斉に立ち上がった。

「しゅうごうだ！　いこうぜ！」

「うん！」

「優太くん、頑張って！」

「うん！」

そして優太が靴を履こうとしたとき。

「優太！」

どこからか大きな声がする。

優太が、ばっと顔を上げて辺りを見回す。秋も首を巡らせていると、

「あ！」

優太が嬉しそうに指さす先に、こちらへ向かってくる准一の姿があった。

「すまない……遅れて……」

彼は息を切らせながら言うと、微笑んで優太を見る。駐車場から走ってきたのか、スーツも髪も乱れている。

だが優太はぶんぶんと首を振ると、「きてくれたんだ……」と笑みを見せ、嬉しそうに呟く。

准一は微笑んだまま、優太の頭をぽんぽんと軽く叩くようにして撫でた。

「待たせたな。お昼からも頑張れよ。見てるから」

そして優しく言う准一に、優太は「うん！」と大きく頷くと、「みててね！」と言い残してみんなのところへ走って行く。

その背中を見送り、

「間に合いましたね……」

秋もほっとしながら言うと、

「ああ。良かったよ」

准一はしみじみと言い、秋がすすめるまま、優太が座っていたところに腰を下ろす。

並んで座ると、くっつくような形になり、秋は全身が緊張するのがわかった。

決して広くないシートの上だし、秋を入れれば四人もいるから肩や肘がぶつかるのも膝が触れるのも仕方ないのだが、そう思っていても頬が熱くなる。

秋は「気にしないように」と胸の中で繰り返すと、准一に飲み物を渡し、気を逸らすように午後からの競技を確認しようとプリントを見つめる。

だが隣から覗き込まれ、どきりと身体が強張った。

「このかけっこが、優太の出るやつか？」

「は、はいそうです。午後は、これからのおゆうぎと、このかけっこと閉会式ですね。全部、見られそうですか？」

「ああ。大丈夫だ」

「良かったです。優太くん、本当に楽しみにしてましたから。午前中の競技も頑張ったんですよ。あとで写真見せますね」

「ありがとう」

「でもお仕事…大変なんですね。休みの日まで、なんて」

「まあな。だが仕方がない。できれば早く片がついて欲しいものだが……こればかりは相手のいることだからな」

疲れたような表情で苦笑すると、准一は言う。

その貌からは、社長の重責が感じられる気がした。

まだ「お家騒動」は続いているのだろうか。

（早く収拾がつくといいのに）

どれほどの揉め事なのか想像もつかないけれど、准一のために早くなんとかなって欲しいと願わずにいられない。

すると、

『ただいまより、午後の部を開始致します』

園内のスピーカーから、先生の声が流れてきた。

と同時に、軽快な音楽が流れ、校庭の一角から園児たちが順に姿を見せる。

体操服に、はな組、もり組、そら組の三色それぞれの帽子を被って行進してくる園児たちは、みんな笑顔だ。そして、そら組の中に、優太の姿もあった。

目が合うとにっこり笑う優太に思わず手を振ると、彼は照れたように頬を赤らめる。

おゆうぎは、みんなで何度も練習したのだろう。

軽快な音楽に乗って、全員が生き生きと跳ね、踊る様子は、ほのぼのしつつも元気が良く、見ているだけで微笑んでしまうほど可愛らしい。

優太も、上手にリズムに乗って踊っていた。

そして、玉入れやアスレチック競争といった他の組の園児が出場する競技が三つ終わると、いよいよ優太が走るかけっこだ。

優太は五番目のグループらしい。

「優太くん、頑張って！」

「優太、頑張れ！」

待ち切れず、まだ整列している優太に向けて応援の声を上げると、視線の先の優太の表情が一段と引き締まるのがわかる。

思わず秋が身を乗り出すと、准一もそれに続くように身を乗り出す。

彼らしくなく、随分《ずいぶん》緊張しているようだ。

その横顔に、秋は「大丈夫ですよ」と声をかけた。

「優太くん、家でもかけっこの練習してましたから。モンの散歩のときとか頑張ってたんですよ」

「そうなのか……」

「はい。今年は絶対一番になるんだ、って」

「そうか……」

頷く准一の貌は、もうすっかり「兄」だ。

一番最初に出会ったときの彼とはまるで違う貌。一層魅力的な貌だ。

そうしていると、最初の組の五人がスタートラインに着く。

パン！　と鳴った合図とともに、かけっこが始まり、二番目の組の五人が立ち上がった。

あと三組だ。

そして二番目、三番目の組――とかけっこは続き、四番目がスタートをすると、いよいよ優太がスタートラインに着く。

他のお父さんやお母さんたちからの声援も大きくなる中、

「優太くん！」

「優太！」

秋たちも声を上げると、パン！　とピストルの音が響き、優太がスタートを切る。

直線だけの、三十メートルほどのかけっこ。

だが子供の足では長い距離なのか、いいスタートを切った優太も他の子たちも、まだ半分ぐらいのところでもう苦しそうな表情だ。

「頑張れ！」

「頑張れ、優太！」

思わず立ち上がってしまいそうになるのをなんとか堪《こら》えながら、秋は夢中で声援を送った。

准一も必死な様子だ。口元に手を添えると「優太！　優太！」と、繰り返し大きく声を上げている。

その応援が効いたのだろうか。

接戦の末、優太は見事一着でゴールのテープを切った。

「やった！」

途端、准一は立ち上がって靴を履くと、走り終えた園児たちが座っているところへ走っていく。秋も慌てて後を追うと、准一は園児と家族を隔てるためのロープにめいっぱい近付き、笑顔を見せながら優太を労《ねぎら》っていた。

「やったな、優太。おめでとう」

そして優太はといえば、頑張った甲斐あっての一番だからか、嬉しそうな誇らしそうな表情で「1」と書かれた旗の列に並んでいる。

秋はその写真を撮りながら、優太のこの幼稚園での最後の運動会が、いい運動会で良かったと心から思っていた。

◆

「じゃあ、俺はバイト行くから」

「はい！　今日はありがとうございました」

「いやいや、俺も楽しかったよ。良かったなあ、優太くん、一着で」

「うん！」

「見に来た甲斐があったよ。じゃな」

手を振って自転車でアルバイトに向かう仁井辺を見送ると、秋は「じゃあ帰ろうか」と祖母と優太に視線を向けた。

　運動会が終わったばかりの園の周りは人だらけで、ちょっとした混雑になっている。早くここを抜け出さなければ、と大通りへ向けて歩こうとしていると、

「わたしは一旦会社に戻る」

　そんな秋の横に並んできた准一が、囁くように言った。

「一つ仕事を終わらせてから帰る予定だ。それまで優太を頼めるだろうか」

「はい。それはもちろんです」

「ありがとう。すまないな、こんな日まできみに何もかも……」

「気にしないで下さい」

済まなそうに眉を寄せる准一に、秋は首を振った。

「守宮さんはちゃんと来てくれたじゃないですか。それに、優太くんが一等になるところも見たし……。ね、優太くん」

「ん？」

「一等になるところ、守宮さんに見てもらえて良かったね」

「うん！　ぼくがんばったもん！」

歩きながら胸を張って言うと、優太は首からかけている金色の「一等賞メダル」を見せてくれる。折り紙でできたぴかぴかのそれは、今日、彼がとても頑張った証だ。

にこにことメダルを見せる優太に准一も微笑むと、

「なら、わたしは帰りにケーキでも買って帰ろう」

そう言って、「それじゃ」と軽く手を上げて駐車場の方へ向かって行く。

秋は優太の手を引き、祖母ともに大きな道へ出ると、タクシーに乗って家を目指した。

「優太くん、どんなケーキ買ってもらう？　優太くんが一番になったお祝いのケーキだから、優太くんの好きなケーキを頼もうよ」

「ええとね……もんぶらんとね、あといちごがいっぱいのやつ！　それから……」

「え、三つは無理じゃないかな。二つにしよう？」

「え～もっとたべる～」

「そんなにたべたらお腹痛くなっちゃうよ？　夕食もいっぱい作る予定だし」

「そうなの⁉　いっぱい⁉」

「うん、大きなハンバーグと、スパゲッティーと……」

車の中で、秋と優太とが今夜の食事と准一が買って帰ってくれるというケーキについて話していると、

「あ、秋。ちょっと止まってもらっていいかしらね」

不意に、祖母が声を上げた。

「どうしたの？」

家は、あと五分ほどだ。すると祖母は窓の外を指しながら言った。

「そこの先の、花屋さんの角で降りたいのよ。老人会の佐々木《ささき》さんに、今度の集まりの当番のことをきいておきたくて」

「あ――うん。わかった。じゃあ、僕たちだけで先に帰ってるね」

秋は頷くと、タクシーの運転手にその旨を伝える。

そして祖母が次の角で降り、ほどなく秋も家の前で優太とともに降りる。

しかし、走って行った優太を追いかけて家に入りかけたとき。

「すみません」

突然、すぐ近くから声をかけられた。

「はい」と振り向きかけ、思わず息を呑む。

そこにいたのは、一人の男だ。背は秋よりも少し高いぐらい。ずんぐりとしていて、黒いジャンパーに黒いキャップにジーンズ。だがマスクで顔が見えない。

その瞬間、以前、公園で聞いた言葉が頭を過った。

『ただでさえこのところ変な車がこの辺りをぐるぐる回ってるとか、見慣れない人があちこちの家を覗き込んでるとか噂になってるっていうのに！』

（まさか……）

この男が？

どことなく感じる不穏な気配に、秋はじりっと後ずさる。だが次の瞬間、いきなりガシッと腕を掴まれた。

「！　なんですか⁉」

痛みと恐怖に、秋は大きな声を上げる。

すると、その声が聞こえたのか、

「あき〜？」

モンと遊んでいた優太が、訝しそうな表情を浮かべ、トコトコとこちちに近付いてくるのが見える。

「来ちゃだめ！」

秋が叫ぶと、優太はびっくりしたように止まる。

秋は急いで男の手を振り解《ほど》こうと踠《もが》いたが、大人の力は強く、どうしても引き離せない。

しかもそうしているうち、もう一人男が現れたかと思うと、秋を引き摺《ず》るようにして近くに駐めていた車の中に引き込もうとする。

「ほら！　早くしろ！　ガキ一人攫《さら》うのに、どれだけ時間かけてるんだ！」

「わかってるよ！　おら！　暴れんな！」

「っ…離して下さい！　離せ！」

乱暴に耐えられず、叫んだその瞬間。頬に鋭い痛みを感じ、秋は目の前が赤くなったのを感じた。

殴られたショックで、頭の中が真っ白になる。恐怖心もいや増し、全身が震えている気がする。

だが、このままでは優太も危ない目に遭うかもしれない。

（なんとか優太くんだけでも逃がさないと……っ）

秋は焦燥《しょうそう》に駆られながらそう考えると、

「逃げて！　優太くん……っ！」

引っ張られ、転びそうになりながらも大きな声を上げる。だが、見慣れない男たちに秋が捕まえられている状況が怖くて固まっているのか、優太は瞠目《どうもく》したまま動かない。

すると、男の一人がそんな優太にちらりと目を向けて言った。

「おい、あっちのガキも捕まえとけ。見られたままにしとけねえだろ」

「そうだな」

そしてもう一人の男が、秋の側から離れ、優太を捕まえようとする。

「やめろ！」

秋は大きな声を上げて叫ぶと、掴まれていた腕を振り払い、優太に近付こうとしていた男に体当たりする。

「うわっ！」

「優太くん、逃げて！」

男とともに地面に転がりながらも秋が声を荒らげると、ただごとではないと感じたのだろう。それまで大人しかったモンが、ワン！　ワン！　と、大きな声で鳴き始めた。

その声で我に返ったのか、優太はまだギクシャクしながらも、逃げるように家の奥へと駆けて行く。

見えないところに隠れるか、裏口から逃げて欲しい。

秋がそう思っていると、

「てめえ……」

地面に転がっていた男に胸ぐらを掴まれ、また強く引っぱたかれた。

「っ――――！」

目の前に火花が散る。

痛みに顔を顰めていると、

「もういい、行くぞ」

男の太い声が聞こえ、無理矢理に引っ張り起こされた。

「取り敢えずこっちだけ捕まえればいい。あのガキはここに住んでる子供だろ？　俺らの仕事は弟を捕まえることなんだ。早く車に乗せて縛っとけ！　行くぞ！」

「あ、ああ！」

「はな……っ離せよ……っ！」

秋は暴れたものの、大人二人の力には敵わず、そのまま車の後部座席に押し込まれる。

後ろ手に縛られると同時に動き出す車。

「大人しくしとけよ」

低い声とともに首筋に刃物を突きつけられ、秋は身体を強張らせることしかできなかった。

◆

「いた……」

縛られたまま車から降ろされ、引き摺られるようにして引っ張られたかと思うと突き飛ばされたその場所は、冷たいコンクリートの床の上だった。

倉庫か何かだろうか？　広さは学校の教室ほどだが人気はなく、置かれているのは段ボールやパイプ椅子程度だ。まったく見覚えのない場所で、どこに連れてこられたのかわからない。

男たちは、秋をここに閉じこめると、どこかへ行ってしまった。いったい彼らは誰なのだろう。どうしてこんなことを？

秋はじっとしていると増していく不安を打ち消すように、辺りを見回す。だがここがどこかわかるような手がかりはない。男たちの特徴や言葉を思い返すが、やはり同じだ。まったく覚えがない。

町内をうろうろしていたという変質者なのだろうか。でもそれにしては手際が良かったように思う。

それに、車。

よくよく思い返してみると、秋が乗せられた車は、ずっとタクシーから見えていた。ということは、秋たちが帰る前から家の前に駐まっていたということになる。

（待ち伏せてた……ってこと……？）

そのとき、思い出した言葉があった。

確かあの男たちは「弟を捕まえること」とか言っていた。

「ってことは……」

ひょっとして優太を狙って？

思いついた瞬間、秋は怖さにぞくりと背を震わせた。

しかも「弟を」ということは、准一にも関係があるということだ。

優太を守れたことは良かったけれど、もしそうだとしたらこれからどうなるのか、まるで見当がつかない。

「優太くんが誰かに知らせてくれればいいけど……」

知らせてくれているだろうか。

他に目撃していた人がいるかどうかも怪しいし、ひょっとしたらずっとこのままかもしれない。

想像すると、ますます背中が冷たくなる。

絶対に誰かが助けに来てくれる――そう思いたいけれど、頭に浮かぶのは嫌な想像ばかりだ。

首筋に触れた刃物の嫌な冷たさ、手首に食い込むガムテープの痛み。

引っぱたかれた頬もまだ痛い。身体を捻《ひね》ったような体勢で車に押し込まれていたから、どこもかしこもが軋んでいる気がする。

（誰か……）

秋は、恐怖のあまり嗚咽《おえつ》を零しそうになるのを必死で堪えながら、胸の中で助けを求める声を上げた。

誰か――誰か助けに来て欲しい。

早く。少しでも早く。

自分が准一の弟ではないとばれたら、いったいどうなるのだろう。

考えれば考えるほど怖くなり、秋は頭を振る。

だが嫌な想像は消えない。せめて手だけでも自由にならないだろうかと何度となく腕を動かしてみたが、そこは縛られたままだ。

耳を澄ましても、なんの音もしない。

助けを求めて声を上げたいけれど、そんなことをすればまた叩かれたり今度こそ刺されてしまうかもと思うと、何もできなくなってしまう。

どれぐらい時間が経っているのかもわからず、焦りと怖さだけが高まってきたとき。

足音が近付いてきたかと思うと、ガチャガチャっと鍵の開く音が聞こえ、ドアが開いた。

「お!?」

声とともに現れたのは、一人の太り気味の男だ。今まで見た二人と違い、スーツを着ている。

が、眼鏡の奥の目は今までの二人よりもきついものだ。しかも男はその目元をさらに険しく顰めると、胡乱《うろん》げに秋を見る。そしてみるみる怒りに顔を赤くすると、彼のあとからやって来た二人の男を振り返り、

「どういうことだ⁉」

と、大きな声を上げた。

「なんだこいつは！」

「え…ど、どういうことですか」

太い指で秋を指し、激怒しながら声を荒らげる男の様子に、秋を攫《さら》った男二人は狼狽している。

するとスーツ姿の男が、さらに声を荒らげて叫んだ。

「わたしは『弟を攫ってこい』と言っただろうが！　なんだこいつは！」

「え――こ、こいつが弟じゃないんですか⁉」

「こんなガキは知らん！　あいつの弟はこいつじゃない！　こんな奴を攫ってどうする。もっと子供がいただろうが！　まったく――役立たずが！」

「子供……あ――」

秋を攫った男たちが、思い出したような声を上げる。

その途端、秋は全身が冷えて固まった気がした。

やはり目的は優太だったのだ。そして自分が「弟」ではないことがばれてしまった。

秋はなんとかこの場から逃げたくて座ったまま、じりじりと下がろうとしたが、すぐに壁に突き当たる。

スーツ姿の男は舌打ちしたかと思うと、

「さっさと弟を捕まえてこい！　こいつはなんとかしておけ！」

と、吐き捨てるような声で言い、肩を怒らせて部屋を出て行く。

すると一人の男が大きく溜息をつき、

「始末しとけ」

もう一人の男に言い置き、スーツの男に続くようにして部屋を出て行く。

次の瞬間、男は秋の前にしゃがみ込んでくると、チッと舌打ちした。

「ったく……人違いかよ」

そしてグッと腕を掴まれ、秋は大きく身を捩った。

「——離して下さい！」

「煩《うるせ》え！　仕事増やしやがって！」

「離して下さい！」

繰り返し悲鳴のような声を上げ、身を捩ったが身体は自由にならない。

恐怖に耐えられず、とうとう涙が零れる。

（誰か——）

胸の中で必死で助けを求めたが、男の手は緩まない。「悪く思うなよ」と低く唸《うな》るように言うと、ナイフを取り出す。

息が止まる。

殺される——！　と、ぎゅっと身を強張らせた次の瞬間。

バーン！　ともドーン！　ともつかない、近くで何かがぶつかったような、大きな音が響く。

「なんだ!?」

男も驚きの声を上げたそのとき、
こちらへ向かってくる足音がしたかと思うと、バン！　と大きくドアが開く。

「秋！」

現れたのは、髪を乱し、焦燥に顔を歪めた准一だった。

「守宮さん!?」

驚きに叫んだ秋の声に、「なんだお前は！」と怒鳴った男の声が重なる。

男が刃物を持っているかもしれないことを思い出し、秋は思わず「逃げて下さい！」と叫んでいた。

自分はいい。でも准一を危険な目に遭わせるわけにはいかない。

案の定、男は立ち上がりると准一に向けてナイフを突き出し、そのまま突っ込んでいく。

「守宮さん！　危ない！」

秋は声を上げるると、反射的にぎゅっと目を閉じる。

直後、聞こえてきたのは、何か重たいものがぶつかるようなドスッ！　という鈍い音。

そして男のくぐもった声と、何かが地面に倒れる音だ。

そろそろと目を開けると、男はぐったりと地面にうつ伏せていた。

「秋…大丈夫か？」

間近から優しい声が聞こえ、そっと肩を揺さぶられる。

はっと見ると、そこには准一の貌があった。

「……もり……守宮…さん……」

無事だった――。

安堵に全身が弛緩する。

ずっと詰めていた息をはーっと吐くと、そんな秋の拘束を、准一が優しく解いてくれる。

「大丈夫か？」

「は、はい……っ」

「もう大丈夫だ」

上擦る秋の声に、頼もしく、優しい准一の声が続く。

秋は、間近から准一を見つめ返した。

精悍な男らしい、そして優しい瞳。他でもない、一番聞きたかった彼の声。

「守宮……さん……」

助けに来てくれた。

そう思うと、一気に涙が溢れる。

「守宮さ……っ」

「ああ」

噛み締めるような声がしたかと思うと、守ってくれるかのように抱き締められる。

「良かった……無事で……良かった――」

「っ……」

「大丈夫だ……もう大丈夫だ」

声を聞いていると、次から次へと涙が溢れる。

彼が――まさか彼が助けに来てくれるとは思っていなかった。家族でもない自分を、まさか彼が。

震える腕でしがみ付くと、強く抱き締め返される。彼の腕は逞しく胸の中は温かで、だから余計に涙が止まらなくなる。

「秋…もう大丈夫だ……」

准一の掠れた声を聞きながら、秋は心からの安堵を感じていた。

◆

「あき！　あき――！」

准一とともに自宅へ戻ると、時刻はもう夜九時を過ぎていた。

だが茶の間では祖母とバイトの終わった境、そして優太が待っていた。

優太は祖母の傍らで横になっていたものの、秋が帰ってくるとばっと跳ね起き、泣きながら駆け寄ってきた。

「あき……っ！」

抱きつかれ、抱き締められ、その温もりにほっとする。

運動会で疲れているだろうに、彼も怖い思いをしただろうに、起きて待ってくれていたのかと思うと、胸が熱くなる。

泣いているその身体を宥めるようにしゃがみ、抱き締めてやると、ぎゅっと抱きつかれる。

まるで、さっきの自分のようだ。

だがそう思えることが嬉しくて心底ほっとしていると、「あき、かえってきてよかった

「……」と優太が目を涙だらけにして言う。その涙を拭ってやりながら、秋は微笑んだ。

「優太くんのおかげだよ。守宮さんに聞いたよ。優太くんが連絡してくれたんだってね」

「だって…いわないと…あきがいなくなったっていわないとっておもって……」

「うん。おかげで助かったよ。ありがとう」

「……」

「優太くんと守宮さんのおかげだよ」

秋が頭を撫でてやると、優太は「うん」と大きく頷く。そしてそっと秋から身体を離すと、涙に濡れた目元をグイと拭い、傍らに立つ准一を見上げる。

「……おにいちゃん……ありがとう……」

それは小さいけれど、はっきりとした声だ。

刹那、准一が息を呑む。端整な貌が驚きに彩られる。

だがその表情は次第に綻び、大きな笑顔に変わっていく。

「優太……」

「ありがとう。おに…おにいちゃん」

優太が繰り返すと、准一もしゃがみ込み優太を抱き締める。

やっと本当に兄弟になれた二人に、秋も心からの嬉しさを感じていた。

疲れたのか、優太はそれからすぐに眠ってしまった。

秋は祖母に心配をかけたことを謝ったが、それ以上に謝ってくれたのは准一だった。

彼は今回の件の原因が自分にあること――優太を攫おうとして秋を攫った黒幕が会社の後継問題で揉めていた相手だということを祖母に話すと、こちらが恐縮するほど頭を下げてくれた。この辺りをうろうろしていた不審者も、車も、全て彼らが准一の「弟」を攫うために行っていた下準備だったらしい。

その後、彼はまた事件の後始末のために出かけてしまったけれど、彼の誠実さには感動せずにいられなかった。

◆

そして深夜。

そろそろ横にならなければと思いつつも、あんなことがあって興奮しているからか秋がなんとなく眠れずにいると、部屋のドアがノックされた。

「……秋、まだ起きているか？」

聞こえてきたのは、准一の声だ。帰ってきたのだろう。

だが、「秋」？

（名前で、呼ばれた……よね……）

「はい」

どきどきしながら出てみると、彼は疲れた様子ながらも笑顔を見せた。

「具合はどうだ。痛いところはないか？　もし何かあるなら、今からでも知り合いの病院に連れて行くが……」

「大丈夫です。家でゆっくりしていたおかげで、もう……。それより、守宮さんこそお疲れさまです」

「わたしは……」

途端、彼は顔を曇らせていった。

「わたしは、わたしが招いた事態の後始末をしているだけだ。それにしてもこんな…きみにまで迷惑をかけることになって、本当にすまない」

「いえ」

秋は首を振った。

「もう謝らないで下さい。守宮さんには何度も謝ってもらいましたし…第一守宮さんのせいじゃないです」

そう。

今回の件は本当に怖かったけれど、これは准一のせいじゃないと秋は思っている。

准一が社長に就任したせいで、その座を狙っていた人に逆恨みされて——というのが今回の事件の事情だから、間接的には准一のせいとも言えるのかもしれないが、秋はそんな風にはまったく思っていなかった。

するとと准一はいくらかほっとしたように微笑む。

謝るために、わざわざ部屋に来てくれたんだろうか？

秋が思っていると、

「それで、だ」

准一が再び口を開いた。

「もし身体がきつくなければ、少しだけでいい。付き合ってもらえないか」

「え？」

「一緒に出かけて欲しい。歩いて十五分ほどなんだが……どうだろうか」

「……」

「どうしても今日というわけではないから、無理はしないでくれ。きみの身体の方が大切だ。だがもし良ければ、少しだけ」

「は、はい」

真剣な准一の表情と声音に、秋は気圧されるように頷いた。

身体はもう平気だ。若干痛みは残っているけれど、気にならない程度。それよりも、准一の様子の方が気になった。

こんな夜に、わざわざいったいどこへ行こうというのだろう?

秋は准一に続いて家を出る。

並んで夜道を歩き、やがて、辿り着いたのは、彼の実家——優太が住んでいたあの屋敷だった。

「ここ……」

そういえば、あれから来ていなかった。

けれどいったいどうしてここへ、と准一を見ると、彼はふっと微笑み、いつかのように裏口の鍵を開け、中に入っていく。

「あ、あの、大丈夫なんですか?」

まだ売れていないのだろうか?

秋は尋ねたが、准一からの答えはない。彼は懐中電灯を手に、建物の中にまで入って行く。

静まりかえった広い屋敷は、ちょっと怖いほどだ。

優太や彼の両親が住んでいたときとは雰囲気が変わってしまった屋敷。

准一のあとをついてそのまましばらく歩いていると、やがて、一つの部屋へ着く。

准一が壁のスイッチに触れると、天井にある電気が灯った。

「え……」

どうして、と驚く秋に、准一は意味深な笑みを見せる。

部屋は、十二畳ほどだ。普通に考えれば広いが、この屋敷の中では普通の広さの部屋と言えるだろう。秋は初めて見る部屋だ。

置かれているのは、秋の部屋にもある普通の勉強机に椅子。そしてベッド。

だが見た感じ、なんとなく綺麗に掃除されている様子だ。

(立ち入り禁止になってからずいぶん過ぎているのに……？)

秋が首を傾げていると、

「ここはわたしの部屋だった」

ぽつりと、准一が言った。

驚く秋に、彼は続ける。

「家を出てしまってから、それからも綺麗にしてくれていたようだ。父と義母が亡くなって久しぶりにここに帰って部屋を見て、驚いたよ。驚いて……どうして家に帰らなかったのか後悔した。意地を張らずに一度でも帰っていれば、と思ったよ」

苦いものを滲ませた声音で准一は言うと、ふっと息をつく。

「だがそれを認めるのは辛くて、だからここを売ろうと思った。残しておくと思い出すたびに後悔が蘇ってきそうで……。だが――」

そこまで言うと、准一は秋を見つめる。

見つめ返すと、彼は微笑んで言った。

「だが、ここは売らないことに決めた。優太とここに住むことにする」

その声は、さばさばしたものだ。

瞠目した秋を見つめたまま、准一は続けた。

「ここがある限り後悔するだろうが、思い出はそれだけじゃないからな。それに、きみの側から離れたくない」

いつの間にか秋に向かい合うように立つと、准一はきっぱりと言う。

秋は胸がドキドキ大きく速く鳴り始めるのを感じていた。

彼は、今なんと？

都合のいい聞き間違えをした気がして、聞き返すこともできない。

するとそんな秋の瞳に、柔らかな、しかし真剣さを漂わせた笑みを浮かべた准一が映った。

「急にこんなことを言って、驚かせてすまない。だが、わたしはそのつもりだ。今まで優太の件できみにはずっと世話になっていた上、今日あんなことになった原因を作ったわたしが言えることじゃないのかもしれないが……わたしはきみの側にいたいと思っている。きみのことが好きだから、離れたくないんだ」

「……！」

思わぬ言葉に、秋は息を呑む。

（守宮さんが、僕の側に？　僕のことが好き？）

また聞き間違えたんじゃないかと思いながら、秋は准一を見つめる。

准一の言葉と「まさか」という自分の想いが頭の中をぐるぐる回って止まらない。

だが准一は目を逸らすことも言い換えることもなく、真っ直ぐに秋を見つめてくる。

「な、何言ってるんですか！」

次の瞬間、秋は思わず大きな声を上げ、大きく頭を振っていた。

信じられない。

彼が自分をなんて、どうしても信じられない。

「こ、こんな夜中にからかわないで下さい。男同士なのに好きとか、そんなの変っていうか……ありえないです。それに守宮さんは凄く大人じゃないですか！　しかも社長さんで、僕なんかと全然違う……。なのにただの高校生の僕を好きなんて――」

そう、そんなことあるわけない。

だが准一は首を振ると、毅然とした口調で続ける。

「嫌な思いをさせただろうことは謝る。だが、気持ちは嘘じゃない」

そして、ポケットからスマートフォンを取り出す。

差し出されたそれを見た秋は絶句した。

「………」

それは、秋が写っている写真だった。

湖に連れて行ってもらったときの、秋の写真だ。

「……これ……」

辛うじて声を上げると、准一は照れたように笑い、「すまない」と小さな声で謝った。

「きみを見ていたらつい…こんな隠し撮りのようなことをしてしまった。優太という繋がりがなくなれば、きみはわたしのことなど忘れるだろうと思ったし、もう会いづらくなるだろうと思って…せめて写真だけでも、と」

「……」

「だがきみが不快に思うなら、この写真も消そう。男同士だし、きみに嫌がられても当然だと思っている。年の差だってあるしな。まったく……これでは父のことを怒れない」

そう言うと、准一は苦笑する。

「結局、好きになってしまえば性別も歳の差も意味を成さなくなるということなんだろう。それでも、なんとか気持ちを打ち消そうとしてみたんだ。最初のうちは——きみに対する自分の気持ちが少しおかしいのかもしれないと気がついたばかりのときは、気のせいだと自分に言い聞かせた。それでもきみを特別に感じて仕方なかったときは、離れれば忘れられるだろうと思った。だから早くきみの下を離れることも考えた。だが……結局は離れたくないことを自覚させられただけだった……」

苦しそうに、准一は息をつく。

「何度も諦めなければと思った。諦めようと思った。受け入れられるわけはないし、それどころか嫌がられるだろう。いや――それだけならまだいい。きみは優しいから、きっとわたしに気を遣いかねない。もしわたしの想いがきみの心の重荷になってしまったら――と。けれど……けれど、諦めようと思っても、できなかった……」

苦しそうに言うその貌は、以前彼のマンションで見た貌と同じものだ。

頬から離れていった指。あのときのことを思い出すと、胸が軋む。

准一は再び口を開く。

「そんなときに、きみが攫われたと連絡があった。専務派が乱暴な手段に出かねないことは知っていたが、まさかきみにその矛先が向くとは思っていなかった。優太からきみが誰かに連れて行かれたと聞いた瞬間、血が凍った気がした。そして思った。絶対に助けなければ。何があっても、早く、必ず――と」

「助けてくれました。守宮さんは、助けに来てくれました」

「ああ。そしてわたしは思い知ったんだ。きみがいなくなる世界は考えられないと。これからもずっと側にいたい、と。そして――そうする以上は想いを伝えなければと思った。下心を隠したまま側にいるのはフェアじゃないからな。だがきみの心に負担を掛けることも本意じゃない。迷惑ならそう言ってくれ。そのときはこの屋敷のことも改めて考えよう。

優太のためにもここに住む方がいいとは思うが……わたしはなるべくきみに会わないように努力しよう」

秋をじっと見つめ、視線を一瞬たりとも逸らすことのないまま、准一は言う。

その声は胸の深いところまで染み込むほど誠実で、そして揺るがない真剣さに満ちている。

見つめ返していると、それだけで胸が熱くなる。指が震える。胸が震える。

まさか彼が――好きになった人が自分を好きになってくれるなんて思わなかった。

鼻の奥が熱を持ち、やがて、じわりと涙が浮かぶ。

「も、百山くん……？　秋？」

途端、准一は慌てたように秋の顔を覗き込んでくる。

秋は涙を拭うと、准一を見つめ返したまま微笑んだ。

「すみません、泣いたりして。その…びっくりして」

「あ、ああ。すまない、驚かせて」

「いえ……」

秋はゆっくりと首を振った。

「謝らないで下さい。驚いたのは本当ですけど……嫌じゃありません。嬉しかったんです」

「！」

その瞬間、准一がはっと息を呑む音が聞こえる。

見つめ合うと、心が溶ける気がする。

秋が一層笑みを深めると、そろそろと腕が伸ばされる。そっと、包むように抱き締められた。

「……秋……」

「はい……」

「秋――」

「はい」

名前を呼ばれるだけで、涙が止まらなくなるほど嬉しい。

胸に頭を預けると、背を抱く腕がゆっくりと力を増すのがわかる。

「秋…いいのか？　本当に？」

「はい」

頷くと、一層強く抱き締められる。

「ありがとう…ありがとう――秋」

耳元に囁かれる声は、これ以上ないほど真摯で甘く、柔らかく優しい。

心の奥まで届くその声を噛み締めると、秋はおずおずと顔を上げる。

「僕も…僕も守宮さんのことが大好きです……」

そして、秘めていた想いのたけを声に変えて伝えると、一気に心が晴れ、頬が、耳が熱くなる。

その頬に准一の唇が優しく触れる。

「ありがとう……」

囁きが耳殻《じかく》を掠《かす》め、間近から見つめられ、うっとりと見つめ返すと、秋の唇にゆっくりと唇が重ねられる。

「ん……っ」

そのキスは、触れるだけなのに、一瞬で秋の身体をとろかしてしまう。

潤んだ瞳で見上げた准一の貌は、今までになく艶めかしい。

熱い息を零し、夢中でしがみ付くと、強く抱き締め返される。同時に、柔らかく温かなものがそっと口内に挿し入ってくる。

舌だ、と気付いた途端、秋の頭の中は真っ白になった。

「ん、ん、んっ……」

准一の舌は、まるでそれ自体が生き物のように秋の口内を探り、動き回る。

舌に舌が触れ、柔らかく吸われ、そっと歯を立てられると、経験したことのない甘美な刺激にがくりと膝が崩れる。

「――――!」

支えてくれたのは、准一の腕だった。

彼はゆっくりと唇を離すと、「すまなかった」と少し困ったような表情で小さく口の端を上げた。

「ちょっと急ぎすぎたな。大丈夫か？　……そろそろ…帰ろうか」

次いで紡がれた声は優しく、秋を宥めるように柔らかさに満ちている。だが秋はその言葉にどうしてか頷けなかった。

離れたくない。一緒にいたい。二人でまだ。もう少し。もっと。

この幸せな時間が夢じゃないと確かめられるように、もっと――。

「……秋？」

「あ…あの……」

「ん？」

「その……もう一回……」

キスしてほしい。

だが最後までは言えず、秋が耳まで真っ赤になりながら俯くと、一呼吸ほどの間の後、再び抱き締められる。

頬を掬われ、唇に唇が優しく触れる。だがそれだけだ。

離れる唇。それが寂しくて、秋はぎゅっと准一に抱きついた。

「……秋？」

准一の声は、戸惑いに満ちている。

当然だろう。秋自身だって、自分で自分のやっていることが信じられない。でもどうしても、離れたくないのだ。もっと彼といたい。彼を知りたい。もっと。

すると、さっきよりもずっと長い間があった後、准一の手が秋の髪を撫でた。

「……秋、いいのか？　もっときみに触れたいと…望んでも」

そして降ってくる声は、微かに掠れている。

秋が真っ赤になったままこくりと頷くと、次の瞬間、抱き上げられ、そのままベッドに運ばれた。

身体が沈む感覚に、上から見下ろしてくる准一の視線に一気に全身が熱くなる。

固まってしまったかのように動けずにいると、准一にそっと口付けられた。

「大丈夫か？」

「は、はい……」

慣れていない自分が恥ずかしい。

こんなに緊張してしまうなんて、准一はどう思っているだろう。

顔が熱くなるのを感じていると、宥めてくれるかのように優しく前髪を梳《す》き上げられる。

だがそんな風にされればされるほど、心臓の鼓動は速くなる。ますます赤くなっていると、

「そんなに硬くならなくていい」

優しい准一の声がした。

「きみが嫌ならこれ以上は何もしない。きみが怖がることも、絶対にしない」

その声は滑らかで優しく、聞いているだけで胸が軽くなるようだ。

そして同時に、彼のことが好きで堪らないと強く感じる。

秋は准一を見上げたまま、ゆるゆると首を振った。

「い…嫌じゃない…です……」

頬が熱くなるのを感じながら、声を押し出した。

「その、よ、よくわからないから、怖くないって言えば嘘になりますけど……でも嫌じゃないです……」

「秋……」

「僕、もっと一緒にいたいんです。もっと守宮さんと一緒にいて、守宮さんのことを知って…僕も守宮さんに触れたい……。それに…守宮さんになら、何をされても…いいですから……」

恥ずかしさに震える舌でなんとか言葉を紡ぐと、准一は驚いたように息を呑む。

そしてきつく――背が軋むほどきつく抱き締めてきた。

「そんな風に言われると、ますますきみが愛しくて堪らなくなるな。好きで好きで……加滅ができなくなりそうだ」

そして言い終えるや否や、また口付けてくる。

だが今度の口付けは、今までのそれとはまるで違う激しさだ。

戸惑い、息を呑んだ瞬間挿し入ってきた舌に口内を探られる。先刻の深い口付けよりももっと濃厚なそれに、秋の身体は大きく撓《しな》った。

「っん……っ」

くぐもった声が、鼻にかかるような声が意図せず溢れる。

甘えているようなその声は恥ずかしいけれど、舌に舌を絡められ、優しく甘噛みされたかと思えば、舌先で上顎の凹みを辿られれば、くすぐったさと紙一重のぞくぞくするような快感に、声は次々溢れてしまう。

「ん…っん、んっ……っ」

頭がくらくらする。

口付けられただけなのに、抱き締められてこんなに熱っぽく唇を奪われると、それだけで何も考えられなくなってしまう。

身体の形を確かめるように全身を撫でられ、その心地よさに熱い息が零れた。

自分で触れてもなんとも思わないのに、彼に触れられると心地よくて堪らないのはどうしてだろう？　服の上から撫でられ、さすられるだけで、そこはまるで柔らかく溶けていく気がする。

「……は……っ……」

そして准一の指は、秋のシャツのボタンにかかる。

口付けの合間に一つ一つそれを外され、続けてスラックスの前立てを緩められ、ほどなく、秋は生まれたままの格好にさせられた。

ゆっくりと身体を離した准一もまた、服を脱ぐ。

自分の細い身体とは違う、大人の男の均整の取れた身体に見とれていると、

「どうした？」

再び秋を抱き締めようとした准一が不思議そうに尋ねてくる。

秋は赤くなったまま「なんでもないです」と首を振った。見入ってしまっていたなんて、恥ずかしくて言えない。

すると准一は、「綺麗な身体だ」と目を細めて微笑む。

真っ赤になった秋の髪を優しい手つきで何度となく梳き上げると、もう何度目になるかわからない口付けを落としてくる。

甘いそれは、唇から頬へ、耳元へ、首筋へ、そして胸元へと落ちていく。

同時に、腰を、腹部を、そして下腹部をゆっくりと撫でられ、秋は夢中で准一の身体にしがみ付いた。

肌の感触も、彼の重みも心地いいけれど、同時にとても恥ずかしくて堪らない。

触れられるたび心臓が跳ねて、ドキドキしすぎてどうにかなってしまいそうだ。

「あ……っ……！」

そうしていると、准一の手がゆっくりと秋の性器に絡む。

そのまま扱かれ、柔らかく揉まれて刺激されると、胸元への繰り返しのキスと相まって、みるみる腰の奥が熱くなっていく。

「ゃ……っァ……っ」

自分のものではないような高い声が恥ずかしくて、口元を手で押さえたが、絶え間なく押し寄せてくる快感の前では、あまり意味のない抵抗だった。

胸の突起に口付けられ、吸われ、舌先で捏《こ》ねるように刺激されるたび、嬌声《きようせい》が口をつき、性器を扱かれるたびに腰が跳ねる。

「ぁ……っ……あ、あァ……っ」

自分でしたときとはまるで違う全身が慄くような快感が、あとからあとから込み上げてくる。

喉を反らし、高い声を上げると、秋は大きく身悶えた。

感じすぎて怖いほどだけれど気持ちが良くて、もっと触れてほしくて堪らない。

そうしていると、准一の手の中の性器はみるみる硬さと大きさを増し、今にも爆発してしまいそうなほど張りつめていく。

「や…だ……だめ……だめです……っ」

達しそうな予兆に、秋はいやいやをするように頭を振った。

これ以上続けられると、一人だけみっともなく先に達してしまいそうだ。

だが准一は、性器から手を離してくれない。

それどころか、口付けていた胸元からふっと顔を離したかと思うと、そのまま、屹立している秋の性器に顔を近づけ、それをそっと口に含んだ。

「っァ……っ！」

性器を包む温かな感触。

堪らず、秋の口からひときわ高い嬌声が迸《ほとばし》った。

指での愛撫だけでも堪らなかったのに、口に含まれ唇と舌で刺激されれば、一気に腰の奥が熱くなる。熱がうねり、自分ではどうしようもない快感が今にも溢れんばかりに込み上げてくる。

「やめ……っやめ…ぁ……っ」

准一の口を汚してしまう、と秋は狼狽えながら身を捩ったが、准一の口淫はやむ気配もない。指と唇とで一層熱っぽく刺激されれば、零れる息はますます熱くなり、頭の芯まで痺れるようだ。

そして敏感な先端を執拗に舌で弄《いじ》くられ、ひときわ激しく唇で扱かれたその瞬間、

「だめ…で…だ…ぁ…ぁ…っあ、あ、ア…ッァ……っ」

堪えきれず、秋は准一の口に自身の欲望を零していた。

腰が溶けるような快感と、逃げたくなるような恥ずかしさで動けなくなる。

浅い息を零しながら腕で顔を隠していると、

「どうして顔を隠すんだ」

その腕を優しく取られた。

目が合うと、准一がそっと口付けてくる。彼の唇からは、吐精の名残の香りが漂い、秋はますます赤くなる。

「すみ……すみません……」

秋は泣きそうになりながら謝ったが、准一はゆっくりと首を振った。

「謝ることなんかないだろう。きみが気持ちよくなってくれるのも、可愛らしい声が聞けたのも嬉しかったよ」

囁くように言うと、秋の髪を撫で、口付け、ぎゅっと抱き締めてくる。

汗の浮いた肌はさっきよりもよりしっくりと身体に沿い、嬉しいのに切なくて胸が締め付けられるようだ。

抱き締め返すと、

「もう少し続けて大丈夫か？」

耳元で准一が囁く。頷くと、また唇にちゅっと口付けられた。

「わかった。なら、これからはわたしのことも名前で呼んでくれ」

そして准一は、目を細めて秋を見つめながら言う。秋は真っ赤になった。

「名前……で……」

思わず尋ね返すと、准一は「ああ」と頷く。

続く沈黙は、秋の声を待ってのものだろうか。でも、名前で呼ぶ、なんて……。

「む、無理…です……」

秋は耳まで赤く染めながら、首を振る。

だが准一は「無理じゃないだろう」と笑うと、頬に口付けてくる。

「名前で呼んでほしい。わたしも『秋』と、名前で呼びたいからな」

間近から見つめられて言われ、秋は心臓が口から飛び出しそうだ。

きっと、この音は准一にも聞こえているだろう。身体全部が心臓になってしまったかのように、さっきからドキドキドキドキと煩いほどなのだから。

秋は息を呑むと、准一を見つめ返す。それだけでくらくらする。身体はまた熱を持ち、泣きたいほどの幸福感に包まれる。

と、そっと口付けてきた准一が優しく囁いた。

「愛してる、秋」

「！」

その声は胸の奥に染み込み、全身に広がっていく。

秋は滲む視界で准一を見つめたまま、そっと口を開いた。

「愛してます…准一……さん……」

声にすると、言葉にすると、彼への愛がますます強く深くなる気がする。

微笑んだ准一にぎゅっと抱き締められ、強く抱き締め返すと、目尻に滲んだ涙に口付けられる。

背に触れていた手がゆっくりとそこを撫でる。そのまま横向きにされると、背後から抱き締められる。手が腰に触れ、尻に触れ、ゆっくりと窄まりに触れた。

経験のない刺激にびくりと慄くと、

「大丈夫か」

耳元で気遣うように尋ねられる。秋はおずおずと頷いた。

「大丈夫…です……」

「痛いようなら言ってくれ。きみを傷つけたくない」

優しいその声に頷くと、指はゆるゆると窄まりを揉み始める。

先刻の口淫のときに溢れた蜜で濡れたそこは、指が動くたび小さな濡れた音を立てる。

それが恥ずかしく、ついつい身体を硬くしてしまうと、そのたび、肩に優しく口付けられた。

「力を抜いてくれ。大丈夫だ」

「は——はい」

頷くが、上手く力が抜けない。

すると、身体の下に潜り込んできた手にそっと性器を掴まれた。

そのままゆっくりと扱かれ、覚えのある快感が再び込み上げてくる。身体から力が抜けた瞬間、窄まりにゆっくりと指が挿し入ってきた。

「っ……」

圧迫感に、一瞬息が詰まる。

だが痛みは感じなかった。指は探るように体内を蠢き、そこを優しく和らげていく。

「あ……っあ……」

好きな相手に身体の内側を探られる感覚に、ぞくぞくと背中が震える。

背を逸らして喘《あえ》ぐと、はずみで指を締め付けてしまい、その恥ずかしさにますます身体が震える。

そうしているうち、もう一本、二本と指が潜り込んでくる。

「っあ……あぁ……っ」

性器を扱かれ、後孔に埋められた指を抜き差しされると、二箇所からの二重の刺激に一気に昂《たか》ぶらされる。目の奥が白く瞬き、触れられているところだけでなく指先まで熱く火照り、ぴりぴりと快感が散る。

「は……っぁ……っ」

そしてひときわ大きく喘いだ直後、指が抜かれたかと思うと、仰向けにされ、両脚を開く格好で抱えられる。

あられもない格好に真っ赤になったが、

「きみは可愛いな」

准一は微笑んで口付けてくる。

それがなおさら恥ずかしくて思わずぎゅっと目を閉じた瞬間、後孔に指よりも大きく熱いものが押し当てられる。

「力を抜くんだ」

囁きに目を瞑《つむ》ったまま頷くと、熱がゆっくりと肉を分けて挿《さ》し入ってきた。

「ア……ッ」

「大丈夫だ。大きく息をして——」

瞬間、強張った身体に、優しい声が降る。

言われるまま懸命に息を継ぐと、ゆっくりとゆっくりと准一の熱が穿《うが》たれる。

「あ……っァ――」

「秋――」

「っん……っ」

「秋……」

「准一…さ…ぁ……」

喉を反らして喘ぐと、その薄い皮膚に口付けられる。

そのままぎゅっと抱き締められ、大きく息をつくと、

「全部入った……」

掠れた、准一の声がした。

ぴったりと重なる身体。体奥に感じる熱に、言葉にできないほどの興奮と悦びが込み上げる。

抱き締め返すと、濡れた息を零す唇に唇が触れる。

舌に舌が絡み、夢中で口付けに応えると、准一が動き始める。

「ん……っん……っ」

熱く大きなものが抜き挿しされる感覚に、背筋が痺れる。

苦しいのにそれは嬉しくて、嬉しいけれど恥ずかしくて恥ずかしいのに気持ちがいいから、だから一層恥ずかしくてどうすればいいのかわからない。

「は……っァ……っあ……っ」

内臓全部が押し上げられるような圧迫感と、全身が准一でいっぱいにされているような充足感。

揺さぶられるまま声にならない声を上げ、准一にしがみ付いていると、どこまでが自分でどこからが准一なのかわからなくなる気がする。

「秋……大丈夫か……？」

「ん…っ……」

「秋――」

「だいじょ……ぁ……あァ……っ」

「愛してる――秋――」

「准一さ……ぁ……変……っ…僕、変……っ」

「変なんかじゃない。可愛いし、もっと好きになってる」

「僕も…僕も、好き……っ…好き…ァ……っ」

情熱的に繰り返し揺さぶられると、頭の中まで真っ白になるようだ。

「ァ……っぁ…とけちゃ…ぅ……っ」

身悶えしながら喘ぐと、腰を抱えられ、一層深く穿《うが》たれた。

抱き締められ、口付けられ、性器を扱かれ、全身が火のように熱い。

本当に溶けている気がする。触れられているところから。身体の奥から。

「准…さ……僕…もぅ…っ――」

繰り返し押し寄せてくる快感に翻弄され、息も絶え絶えに限界だと訴えると、額に汗を浮かべた准一が「いきそうか？」と尋ねてくる。

眉を寄せた彼は苦しそうで、けれどぞくぞくするほどセクシーで、そんな彼を見ているだけで一層煽《あお》られる気がする。

「ん……っん、んっ……」

しがみ付いたままガクガクと頷くと、きつく抱き締められ、一層深いところまで穿たれる。

「ァ…っあァ……！」

「いっていい――秋。きみの一番いいときの声を聞かせてくれ」

「っは…あ…ァ…准一…さ…っ……」

「秋……っ」

「あァ……っ…あ、や…だめ……っだめ…っぁ…あ、あァ――ッ……」

そして続けざまに二度、三度と突き上げられ、もう無理だと思ったさらにその奥まで穿たれた瞬間。

経験したことがないほどの快感が背筋を突き抜け、二人の身体の間で擦られていた性器から温かなものが溢れる。

「っ……っ」

吐精に震える四肢。頭の中は真っ白で、何も考えられなくなる。

と、次の瞬間、背が軋むほどきつく抱き締められたかと思うと、低く呻《うめ》くような准一の声が聞こえ、体奥に温かなものが溢れた感覚が広がる。

まだ荒い息のまま間近から見つめると、瞳に熱を宿したままの准一は微かに微笑み、その唇で口付けてきた。

「愛してる――秋……」

唇と彼の声から、彼の深い愛が流れ込んでくる。

涙が滲むのを感じながら抱き締め返すと、優しく強い腕はより甘く秋を抱擁した。

◆

◆

◆

「あき、ひょうしょうしきはいつなの？」

興奮しながら尋ねてくる優太に、「月末だよ」と秋が応えると、優太は「ぼくもいく！」と張り切って言う。

「危ない！」

その途端、グラスに入っている水が零れそうになり、秋は慌ててグラスを押さえた。

「ほら、優太くん。ごはんのときは暴れちゃだめだよ。それに食べながら遊んでるとモンの散歩に行く時間がなくなっちゃうよ？」

「やだ！」

秋の言葉に、優太は大きく首を振って残っているパンを食べ始める。

秋もパンを食べるのを再開しながらふと目を上げると、向かいの准一と視線が絡む。

なんとなく恥ずかしくて思わず目を逸らすと、コーヒーを飲んでいた准一が小さく笑った。

◆

あれから三ヶ月。

准一は秋に言っていたとおり、優太とともに実家に住むようになった。

家に人を入れるのは嫌だと言っていたように、引っ越しの作業以外は全部彼が行うことにしたようだ。秋はそれを聞き、できる限り手伝いに行くようにしていた。

今、秋はほぼ毎週末、彼の家に泊まりに行っている。

平日も、時間があるときは屋敷に寄っている。今度は秋が、自宅と准一たちの住む家を行き来している状況だ。

とはいえ、優太たちが家に来なくなったわけではない。

ここのところは、三人で一緒にモンの散歩をするのが週末の恒例になっていた。

そして昨日。

秋は、想像もしていなかった嬉しい連絡を受けた。なんと、コンテストに応募していた写真が見事賞を獲ったというのだ。

「優秀賞」十人のうちの一人だが、初めて応募した作品が人に認められたことはとても嬉しく、秋はすぐに准一に連絡して喜びを分かち合った。

そして土曜日の今日、秋は彼らが住む屋敷にやって来て改めてそれを伝え、喜ぶ優太とともに三人で昼食となったのだった。

秋は准一が入れてくれた紅茶を飲みながら、しみじみと嬉しさを噛み締める。

思い切って応募して良かった。

すると、優太が再び口を開いた。

「でもあき、どんなしゃしんなの？」

口の周りがパンくずだらけだ。

秋は苦笑しながらそれを取ってやると、少し考えてから、「それは見てのお楽しみだよ」

と微笑んだ。

優太は「え～」と不満そうだが、秋にしてみれば口にするのは気恥ずかしいのだ。

准一に連れて行ってもらった、あの湖の写真だから。

といってももちろん准一の姿ではなく、風景だが、あのときは色々な気持ちが入り交じっていたから、写真にも、きっとそれが滲んでいるだろう。

それを思うとなおさら恥ずかしくて、優太の目からも准一の目からも隠しておきたい気もするが――。

それでもやはり見てもらいたいと思う。

表彰式の後、入賞作品は区内の美術館の一画に展示される予定だ。

「今度、一緒に見に行こう」

准一が優太に向けて言うと、彼は目を輝かせて「うん！」と頷く。そして残っていたパンを食べ、ジュースを飲み干すと、椅子から滑り降り、

「たべおわったよ、あき！　さんぽにいこう！」

と声を上げた。

その素早さに秋は苦笑すると、

「上着を着ないと」

と、優太に彼の上着を取ってくるように伝える。

「わかった！」とダイニングを飛び出す彼を見送り、自分もそろそろ出かける用意をしよう、と立ち上がると、同じようにして立ち上がった准一が近付いてきた。

「おめでとう、本当に」

そして改めてお祝いの言葉を言われ、頬が熱くなる。

昨日もさんざん言われたはずなのに、彼に言われるとやはり嬉しい。

「ありがとうございます」

秋が言うと、准一は目を細める。

そして窓の外を見つめ、ぽつりと言った。

「それから、ありがとう。秋。またここに住むことになるとは――住めるとは思わなかった。優太も喜んでいるし、決心して良かったと思っている。きみのおかげだ、ありがとう」

「そんな……」

その言葉に、秋は首を振る。

ここに住む決心をしたのは、准一自身だ。だが准一は首を振った。

「きみがいてくれたおかげだ。きみと出会えたおかげだ。弟と恋人と二人も大切な人を得ることができて、わたしは幸せだ」

そして噛み締めるように言うと、じっと秋を見つめてくる。

「ありがとう、愛している、秋。これからもずっと、わたしの側にいてくれ。そしていずれは、ここに一緒に住んで欲しい。恋人として……家族として」

「え……」

まるでプロポーズのようなその言葉と熱い視線に、秋は息を呑む。だが准一の瞳は真っ直ぐで僅かな曇りもない。

微笑んで深く頷くその貌も、秋への愛情と信頼に満ちている。

「も……准一……さん……」

感激に込み上げてくる涙を懸命に堪え、万感の思いを込めて秋が名前を呼ぶと、准一は微笑んだままその頬にそっと口付けてくる。

「わたしと、家族になってくれるか……?」

「……はい…はい…准一さん……」

そして囁かれた甘い質問に大きく頷き、二人でいるときだけの呼び方で秋が繰り返し名前を呼ぶと、准一は目を細めて再び口付けてくる。

二人は見つめ合い、微笑み合うと、優太が戻ってくる足音が聞こえるまで、何度となく熱く優しい口付けを交わし、幸せな未来へと続く約束を誓い続けた。

END

あとがき

こんにちは、もしくははじめまして。桂生青依《かつらばあおい》です。

このたびは本書をご覧下さいまして、ありがとうございました。

今回はわたしの大好きな年の差ラブ♥ ということで、元気で素直な秋《あき》と、突然弟である優太《ゆうた》と暮らすことになってしまった若社長、准一《じゅんいち》が主人公です。

ひょんなことから出会った二人が、一緒に過ごすうちに……というストーリーなのですが、二人はもちろん、優太もモンもおばあちゃんも下宿の二人も、書いていてとても楽しかったので、読んで下さった皆様にもお楽しみ頂ければ何よりです。

そして今回、素敵なイラストを描いて下さった山田《やまだ》先生、ありがとうございました。秋も准一も優太も生き生きとして魅力的で、ラフを拝見したときから凄く幸せでした。心よりお礼申し上げます。

また、担当様をはじめとする、本書に関わって下さった皆様にもこの場を借りてお礼申し上げます。

何より、いつも応援して下さる皆様。本当にありがとうございます。

今後も引き続き、皆様に楽しんで頂けるものを書き続けていきたいと思いますので、どうぞよろしくお願いします。

それでは。

読んで下さった皆様に感謝を込めて。

桂生青依　拝

休日のホットケーキ

「ねえねえ、あき、まだ？」

「もう少しだよ。この上の方にぷつぷつ穴が開いてくるまで待たないと」

「ん～……。まだかなあ……」

眉を寄せた神妙な表情でリビングのテーブルの上のホットプレートを見つめながら、優太は手にしているフライ返しを振り回す。

焼き始めたばかりのホットケーキの生地からは、ようやく仄《ほの》かに甘い香りが立ち始めている。

冬にしては暖かな土曜日。

百山秋《ももやまあき》は、祖母と住む自宅から歩いて十五分ほどのこの屋敷――恋人である守宮准一《もりみやじゅんいち》が、弟の優太《ゆうた》と一緒に住む屋敷を訪れていた。

今日は、准一と優太と三人で美術館に行く予定なのだ。

そう。

秋がコンテストに応募し、優秀賞に選ばれた写真を見に行く予定だった。

早めに出かけて昼食を食べるのも良かったが、准一の仕事があったために、午後からの出発となった。そこで優太にお昼に食べたいものを尋《たず》ねると「ホットケーキ！」という答えが返ってきたため、それなら、と家で作ることになったのだった。

「ねえ、あき、まだ〜？」

「うーん……もう少しかな」

「え〜もういいよ〜」

〝ホットケーキをひっくり返す〟という初めての大仕事を前に、優太は待ち切れない様子だ。

何度も秋に頃合いを尋ねてきては、焦《じ》れたように身を捩《よじ》っている。

そんな優太の子供らしい様子に微笑《ほほえ》みながら、秋はそっと彼の頭を撫《な》でてやった。

「もう少し我慢して。ちゃんと焼いた方が美味《おい》しいし綺麗《きれい》なんだから」

「んー……」

優太が不承不承《ふしょうぶしょう》というように頷《うなず》いたときだった。

「いい匂いだな」

朝から書斎に籠もり、いくつも仕事の電話を受けていた准一が姿を見せた。

休日だから、シンプルなブルーのシャツに紺色のセーター、濃茶のスラックスというカジュアルな格好だ。それでも、スタイルのいい彼にはとてもよく似合っていて、まるで雑誌のグラビアから抜け出てきたように見える。

一見は冷たく感じられるほどの、整った精悍《せいかん》な貌《かお》。けれどそんな彼が実はどれだけ優しいか――そしてどれだけ情熱的か、秋はとてもよく知っている。

「もうお仕事はいいんですか？」

ただいるだけでも目を惹《ひ》かれるその佇《たたず》まい。それに心惹かれながら秋が尋ねると、准一は「ああ」と頷いた。

「なんとか終わらせたよ。これできみと優太と一緒に美術館に行ける。きみの写真を見るのを励みに頑張っていたから、見るのが楽しみだ」

「そんな……」

柔らかな微笑みとともにそんな風に言われると、どうしても照れてしまう。

秋が思わず頬を染めていると、

「あき、もういい？」

その袖が、優太にクイクイと引っ張られる。

「え…あ――う、うん。ええと……」

慌《あわ》てて見てみれば、ホットプレートの上のホットケーキはいい具合に焼けてきている。

そろそろひっくり返してもいいだろう。

「うん。もういいよ」

秋が言うと、優太は「やったー」と声を上げ、フライ返しを持ち直す。そして神妙な顔でホットケーキの下にそれを差し入れ、そろそろと持ち上げる。しかし、そこで動きが止まってしまった。

「優太くん？」

重たいのか、それともいざとなったらひっくり返す思い切りが付かないのか、優太はフライ返しを持つ腕をぷるぷるさせたまま動けない様子だ。

「優太くん、大丈夫だよ。そのまま思い切ってくるん、って」

「んっ」

秋のアドバイスに、優太は懸命にフライ返しを動かしホットケーキをひっくり返そうとする。だが、やはり勢いが今ひとつで、フライ返しの上を僅《わず》かに動くだけだ。

「優太、もっと思い切ってやってみろ」

「うん……ん～……えいっ！　っ！」

准一のアドバイスにも頷き、優太は必死でホットケーキを返そうとする。しかし、身体《からだ》は動いていても手は上手く動かないようで、どうしてもひっくり返せない。

「あき～できないよ～」

やがて、優太は泣きそうな顔で秋を見つめてくる。

　優太が返しやすいようにと生地を少なめにしたつもりだったが、それでも一人では無理なようだ。

「じゃ、じゃあ一緒にやろうか」

　べそをかいている優太を励ますように声をかけると、秋は膝立ちの格好で優太の後ろに回り、フライ返しを持つその手を持つ。そのときだった。

「わたしも手伝おう」

　准一が言ったかと思うと、秋のさらに後ろに回り、そっと手を持ってきた。

「じゅ…守宮さん⁉」

　背後にぴったりとくっつかれ、まるで抱き締められているような格好になる。

　秋は自分の心臓が大きく跳ねたのを感じた。

　だが振り返った視線の先の准一は、楽しそうに微笑んでいる。

「兄として『見ているだけ』というのはなんだし、わたしにも協力させてくれ。と言っても、わたしは手を添えるだけだが」

　そして目を細めてそう言われれば、まさか反対することはできなくなってしまう。

「……わかりました」

　秋は頷くと、改めて優太の手を握る。小さなそれは、緊張のせいか硬くなっている。これでは上手くいくものもいかなくなってしまうだろう。

秋は優太の緊張を解こうと、なるべく柔らかな声音で言った。

「よし……。じゃあ優太くん、『せーの』でひっくり返そうね」

「うん……」

「大丈夫だよ。ちゃんとできるから。思い切ってやってみよう?」

「でも……」

思っていたよりも難しく、一人でできなかったことで意気消沈しているのだろう。優太は、さっきまでのわくわくした様子とは別人のようにしょぼんとしてしまっている。

秋は、空いている手で彼の肩をぽんぽんと叩いた。

「大丈夫。僕も手伝うんだから。ね? きっと美味しいホットケーキができるよ」

「……うん」

すると、優太はようやく元気を取り戻したように頷く。秋も頷くと、優太の手を握った手にそっと力を込めた。

「うん。よし、じゃあいくよ。せーの——」

「「えい!」」

次の瞬間。二人の声が重なったかと思うと、ぽん、という軽い音と共に、ホットプレートの上には、優しいきつね色に焼けたホットケーキが姿を見せる。綺麗に裏返ったのだ。

「やったあ!」

優太は弾む声を上げると、嬉しそうに両手を上げ、秋を振り返った。

「やった！　あき！　できたよ！」

「うん。綺麗にひっくり返せたね」

「うん！　つぎもぼくがやるね！　あきのぶんもぼくがやってあげる。ぼく、ちゃんとひっくりかえせるんだよ！　あと、お…おにいちゃんのぶんもやってあげる！」

「ありがとう」

「ありがとう、優太」

フライ返しを振り回して喜ぶ優太の声に、秋の声が、そして准一の嬉しそうな声が続く。

「はやくやけないかなあ〜」

にこにことケーキを眺めている優太に秋はほっと胸を撫で下ろすと、台所へ向かい、飾り付けのために用意していた果物とクリームを持ってくる。

「それはなんだ？」

すると、准一が不思議そうに尋ねてきた。

「せっかくなので、これでホットケーキを飾ろうと思ったんです。パンケーキみたいに。メイプルシロップとバターでもいいんですけど、こういうのがあってもいいかな、って」

「なるほど。確かに果物があった方が美味しそうだ」

「あ…でも守宮さんは甘い物はあまりお好きじゃないですよね……。どうしよう…アイスクリームとか……でもそれも甘いですよね」

「いや、わたしもこれで頂こう」

「大丈夫ですか？」

「大丈夫だ。『好きじゃない』と言っても、そうそう好んで食べないと言うだけで嫌いなわけじゃないし食べられないわけでもないからな。まあ、あまりたっぷりは困るが……」

「わかりました。じゃあ少なめにしますね」

「あ！　クリーム！　いちご！」

するとそれまでじっとホットケーキを見つめていた優太がぱっと顔を上げる。そしてテーブルを回り込んでくると、苺《いちご》をじっと見つめ、絞り袋に入っているクリームを興味深そうにつつく。

「これ、のせていいの？」

「うん。そのための飾りだよ」

「やった！　ぼくいちご、ここのせる！　ぼくごさいだからごこだよ」

「いいよ。あ、ほら、優太くん、もう焼けたよ。お皿に載せようか」

「うん」

秋が言うと、優太は再びホットプレートの前まで行き、今度はしっかりと皿に移す。

秋は次のホットケーキを焼き始めると、「飾り付け、やってみる？」と優太に促した。

「うん！　やる！」

するると優太は嬉しそうに苺を取り、宣言通り五個載せると、その上にゆるゆるとクリームを絞る。

「あ――」

だが欲張ってしまったせいか、クリームは大きくはみ出してしまった。

「こぼれちゃった」

「大丈夫だよ。テーブルには零《こぼ》れてないし。あ、こら――優太くん！」

「えへへ～」

すると優太はお皿に大きくはみ出してしまったクリームを指で掬《すく》い、ぺろりと舐《な》める。

「んー……」

そして、美味しい、と言わんばかりに目を細める様子を見ていると、行儀が悪いと思っていても怒れない。

そして二枚、三枚とホットケーキを焼き、全員分を作ると、秋たちは昼食を食べ始めた。

「あき、おいしい！」

ナイフで切ったホットケーキにクリームを付け、苺と一緒に食べると、優太は笑顔で声を上げる。

「そう？　良かった」

秋が笑顔で頷くと、傍《かたわ》らから准一も声を上げた。

「うん――美味い。ホットケーキなんて随分《ずいぶん》食べてなかったが……こうしてみんなで食べると美味しいものだな」

「良かったです」

どこかしみじみとした口調で言う准一に秋は深く頷いた。

食べるものにずっと興味がなかったと言っていた准一。でも今は、秋が作ったものを美味しそうに食べてくれる。これからも、もっともっと彼に色んなものを作ってあげたい。一緒に食べたい。恋人として、そして家族のように。

准一を見つめながら改めてそう思っていると、まるで秋のその気持ちが伝わったかのように准一が一層微笑む。

秋が頬を染めたそのとき、

「あき、あきのいちごは?」

口の周りをクリームだらけにしている優太が、秋の皿を見ながら尋ねてきた。苺は、優太が五個、秋と准一が一つずつという割り振りだったため、秋はもう食べてしまっていたのだ。

「ん?　僕はもう食べちゃったよ」

だから秋は、優太の口の周りを拭いてやりながらそう答える。だが優太はその答えにどうしてか不満そうだ。

「えーあきももっとたべようよ。ぼくのあげるね。——はい」

寂《さみ》しそうな顔を見せると、自分の分の苺をフォークに刺し、差し出してくる。

「たべていいよ、あき」

秋は一瞬戸惑ったものの、せっかくの優太の優しい気持ちを無にしたくなくて、「ありがとう」と一口食べる。

と、

「じゃあわたしの分も一口食べてもらおうかな」

と准一も苺を差し出してきた。しかも彼は手づからだ。

「も、守宮さん」

優太の目もあり、秋は狼狽《ろうばい》したが、准一は手を引っ込める様子はない。

仕方なく、秋はそろそろと顔を近付けると、准一の手から苺を一口食べた。

「……ありがとう……ございます」

「どういたしまして。優太の苺とどっちが美味しかったかな」

「え⁉」

思いがけない質問に、言葉に詰まる。すると准一は小さく笑い、

「付いてる」

と、秋の頬に触れてくる。そしてそこに付いていたクリームを指先で取ると、そのままぺろりと舐めた。

「！」

秋は一瞬で自分の頬が熱くなったのがわかった。いつかの外出を思い出す。二人だけで出かけた、あの湖を。

「前にもこんなことがあったな」

すると、准一も思い出したのだろう。微笑み、どこか遠くを見るような表情で言った。

「きみと一緒に出かけたときだ」

「そ、そうですね……」

秋はぎこちなく頷く。恥ずかしさで顔が熱い。思わず俯《うつむ》きかけたが、そんな秋を准一の声が止めた。

「あのときは、自分で自分の気持ちを測りかねて…戸惑ってどきどきしていた。でも今は、あのときの気持ちに素直に従って良かったと心から思っている。幸せだ。こんな時間を過ごせると思っていなかった」

そして准一は、優しく――熱っぽく秋を見つめてくる。男っぽい、恋人の視線だ。

その視線に胸が熱くなるのを感じていると、

「おにいちゃんもたべて」

優太が、今度は准一に向かって苺を差し出す。

准一は目を細めると、大きな口を開けてそれを食べた。

「美味しいよ。ありがとう」

「よかった」

にっこりと微笑み合う二人は、もうすっかり仲のいい兄弟だ。

その光景に秋まで嬉しくなっていると、

「ごはんを食べたらおでかけだからな。ちゃんと食べておけよ」

准一が、もうすぐ一枚食べ終わりそうな優太に向けて言う。優太は「うん！」と大きく頷いた。

「ぼく、いっぱいたべるよ！　もっとたべる！」

「そう？　じゃあ、今度はシロップにしようか」

秋は焼いていたホットケーキを優太の皿に載せてやると、立ち上がって台所にシロップを取りに行く。すると、

「優太は可愛《かわい》いな」

秋についてきた准一の声がした。

驚いて振り返る秋に微笑み、彼は続ける。

「あの子に『おにいちゃん』って呼ばれるとなんでもしてやりたくなる。いいものだな、

兄弟は……」

「そうですね」

「ああ。とはいえ、わたしの一番はきみだが」

そして准一はどこか悪戯《いたずら》っぽく笑うと、直後、秋をじっと見つめて言う。その表情は、微笑んではいるがどきりとするほど真剣だ。

「そ、そんなの……どっちが一番とか、そういう問題じゃ……」

秋が狼狽《うろた》えながら言うと、准一はそっと秋の頬に触れ、

「そうだな。きみは誰かと比べるまでもない。わたしにとってはたった一人の特別な人だ」

滑らかな、それでいて秘やかで艶《なま》めかしい美声で囁《ささや》く。

秋が息を呑《の》むと、准一は静かに顔を近付けてくる。

が、次の瞬間。

「あき～！　しろっぷはやく～」

リビングから、「待ち切れない」といった優太の声が届く。

唇が触れ合う寸前、二人は顔を見合わせると、どちらからともなく、小さく笑った。

「早く持って行かないと怒られそうです」

「そうだな」

しかし秋が身体を離し、冷蔵庫を開けようとしたそのとき。ふっと手を掴まれたかと思

うと、その指先に口付けられる。

さりげない、口付け。

けれどそれは指先を、頬を熱くさせ、クリームよりもシロップよりも甘く、胸をうずかせる。

「続きは帰ってきてからだな」

准一は口の端を上げてそう囁くと、固まってしまった秋の代わりにシロップを取り出し、リビングへ戻ろうとする。

秋は咄嗟《とっさ》にその背中にぎゅっと抱きつくと、幸せが全身に満ちていくのを感じながら、

「はい……」と小さく呟いた。

END

セシル文庫をお買い上げいただき、ありがとうございます。
この本を読んでのご意見・ご感想・ファンレターをお待ちしております。

☆あて先☆
〒154-0002　東京都世田谷区下馬6-15-4
コスミック出版　セシル編集部
「桂生青依先生」「山田シロ先生」または「感想」「お問い合わせ」係
→Eメールでも OK！　cecil@cosmicpub.jp

セシル文庫

僕《ぼく》と子《こ》連《づ》れ若社長《わかしやちよう》の事情《じじよう》

【著者】　桂生青依《かつらばあおい》
【発行人】　杉原葉子
【発行】　株式会社コスミック出版
〒154-0002　東京都世田谷区下馬 6-15-4
【お問い合わせ】　- 営業部 -　TEL 03(5432)7084　FAX 03(5432)7088
- 編集部 -　TEL 03(5432)7086　FAX 03(5432)7090
【ホームページ】　http://www.cosmicpub.com/
【振替口座】　00110-8-611382
【印刷／製本】　中央精版印刷株式会社